你是幸福的可能

HAPPINESS
COMES FROM YOU

暖暖——著

這世界上註定有個人讓你甘願放下驕傲，輸得心服口服。
直到彼此認定，就會看見幸福的可能。

我告訴自己，愛情已經離去，
何必又何必，何必再想你？

思念像在熱水裡泡脹的茶葉。
隨著時間齒輪的緩緩推移，濃重到心口微澀，舒展浸染到全身與生活。
的確，魔鬼藏在細節中。
我很煩惱，把你記得太清楚，所有細微末節。
以至於，不願錯過任何一個與你相似的背影。

醇厚的咖啡香磨出記憶裡你唇齒間黑咖啡的沉苦。
漫步高中校園彷彿每個角落都播送著你平板的語調。
甚至，朋友配戴的錶飾、陌生人穿著的運動鞋，
心裡老是下意識留意到那同樣是你偏愛的品牌。
徐欣，我說過不會等你就真的不會等你。
只是那些因你而生的小習慣，像華美袍子上難耐的蝨子。

但是此刻。
我要說：我已經放下你了。
徐欣，我謝謝你，我們相愛過。

第一章

這世界上一定有個人會讓你輸得心服口服。

我就是瘋了才會打那個破賭。

眼前這男人戴著趕上流行的圓框眼鏡。我瞪著他，他笑得越是燦爛，我越是想往他臉上一巴掌呼過去，才懶得管他會不會因此破相。

這個幼稚的臭男人一如往常的登門拜訪，三更深夜還硬是賴在沙發，不肯離開小姐我的房間。為了彼此能和樂融融，為了能不掀起腥風血雨，我自暴自棄的答應了一個無法以科學方法計算出機率的賭約。

也就是說，我在十分鐘前乾淨俐落的把自己給賣了。

他盯著手機螢幕，嘴角揚著得意的微笑。「請神容易，送神難啊。」

「我才沒有請你來，你是不速之客。」

「喔？讀過李斯的〈諫逐客書〉沒？」冷傲的薄唇揚起再得意不過的笑容，桀驁又狡黠。「連秦始皇都屈服了，妳拗得過我？」

原諒大概也是可以熟能生巧的事，我現在只要長長深呼吸個十次，約莫可以再和他和平對話十分鐘。

「你說，我要是立刻打電話給阿姨，告訴她你的下落，她會不會念子心切的來把你帶走？」

我像個明知道結果還猶自掙扎的傻子，他也樂得看我屢戰屢敗且屢敗屢戰。

他修長骨感的手指落在綿軟的被單，蓬鬆的黑色髮絲亂得恰好，從他慵懶的姿勢看上去，像是待在自己家中那樣自然。但明明是鳩佔鵲巢啊他！

「我媽大概只會叫妳對我負責。」

差點被他陽光般燦爛的邪惡笑容閃瞎了眼。「你的貞操值多少錢了？阿姨害怕你滯銷嗎？你們公司等著接收你的女人，都要從頂樓排到一樓大門口了吧。」

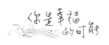

「好說好說，我對老女人沒興趣，對嫩妹也下不了手。」

「你什麼時候開始講究人品了？兩種都不要，是說你不愛女人的意思嗎？」

難怪這男人空窗有一段時間了，原來是有難言之隱。也不說出來給我知道，都幾年的兄弟交情，我們關係穩固，只差沒同穿一條褲子長大了。

他瞇了瞇眼睛，不會不曉得我兀自腦補什麼劇情，我向來在莫名其妙的地方容易脫線，他認識我也不是一天兩天的事了。

「廖琹瑜，妳最好把妳的念頭給我抹掉。」

這個人連我腦袋裝什麼都要管！甚至上一個追求者也是被他勸退的，說什麼身高沒有他高，食量沒有他大。拜託，身為食怪有什麼好驕傲的？

好吧，飯量驚人還能維持他的巧克力腹肌，的確值得嘉許。

我一瞥他光裸的上身，漂亮的栗色頭髮還滴著水，隨意搭在肩上的毛巾通常會讓人看起來俗氣邋遢，在他身上偏偏營造出一股不做作的性感。

完了，眼睛業障重。

腦袋有點痛。我按了按額際，聲音有氣無力。「你到底來做什麼？來送飯的？」

望向扔在客廳桌上的空便當盒，我心裡恨得牙癢癢，這傢伙完全沒有這是別人家的自覺。旁人眼裡英明睿智的設計總監，此刻根本是無賴的寄生蟲。

「喔，本來打算送轉角巷的咖哩飯來給妳的，結果聽 Jim 說妳去養魚了。不想浪費我提前一天打電話預訂排隊美食的美意，也不想當默默做事的傻子，覺得到妳這裡吃完最符合經濟效益。」

意思是說，既能讓我知道他對我的好、不浪費食物，還能順帶來這裡留垃圾讓我收拾是吧？果然是無奸不成商。

我後知後覺的聽出雲淡風輕的語氣藏有玄機。「等等，你說什麼養魚？」

他講話這麼出神入化，我實在有點難消化。

「法國餐廳、燭光、美酒，然後單身男女。」不喜不怒的聲息更淡了，可每分抑揚頓挫都聽得人心驚肉跳。

懶得管他天馬行空的想像力，忍不住大翻白眼。「許暘離你有病，那是我之前跟你提過的合作案，要在咖啡廳和鋼琴師簽約駐點。跟我吃飯的就是那個琴師。」

「喔，忘了。」

會期待他低聲下氣道歉，我一定是瘋了。

他分明比暴君還橫行，多年下來，還邁入末期一般越演越烈。

「反正呢，細節都敲定了，我晚點會把企畫寄到你信箱，我們約了下星期再見面吃一次飯。」

他勾了勾嘴角，笑起來的一股邪氣令人窒息。「廖琹瑜妳是飯桶嗎？」

哇嗚，小不忍則亂大謀、小不忍則亂大謀，飯桶沒什麼不好的，挺有福氣的。

反覆再反覆的深呼吸，揚起自己都不忍卒睹的牽強笑容，目光卻是惡狠狠盯著他花見花開的臉。

「我怎麼就是飯桶了？退一萬步說也是勤儉持家。看看人家多紳士，免費的一頓飯不吃，我蠢嗎？」

他哭笑不得，瞄了我豪氣踩在床上的一條腿。「妳可真好收買。」

「我當作是稱讚了，不用解釋。」

「嗯，還以為妳想換換口味，來個文弱書生。」

「人家那是書香氣質……不對，你見過他了？」

他把玩著尾戒的手指一頓。「碰巧經過看見了。」

眨了眨眼睛，我嗅出其中的不對勁。他除了身兼某公司的設計總監一職，還招攬一批同屆的好友創立一間室內設計工作坊。工作量之可觀，絕對比愚公打算移的山高。

上個月才和女朋友分手的他，也應該不會有閒情逸致在路上閒晃。

「那家餐廳離你家很遠，沒事怎麼會到那裡去？」

他抬高線條分明的下巴，睨了我一眼。「我去談案子要跟妳報備？」

這種「妳家住海邊」的語氣我再熟悉不過。要不是自己心虛，就是他又懶得解釋，我不能理解他又鬧什麼脾氣。

當務之急是讓許暘離移駕，回到他那位於高級住宅區的家。

戳了戳他小麥色的臂膀，不禁訝異我是怎麼養成的習慣性小動作，尤其扯他頭髮最讓人通體舒暢。

「大爺，你到底回不回家？你放著你的豪宅不住，紆尊降貴縮在我家幹麼？」

「我又不嫌棄。」

這不是重點！你嫌不嫌棄干我什麼事，我嫌棄你啊。

漫漫長夜，看來這個人火燒眉毛的設計圖肯定已經都交稿，不然不可能在這裡耗這麼久。

我索性坐在地毯上，托著腮幫子思量。沒籌碼很讓人發愁，沒有弱點的他也很讓人氣餒。

「是不是覺得我很賞心悅目？」許暘離忽然湊了過來，呼吸都是靠近的。

泰然自若的推開他的臉，皮笑肉不笑的回應，「是不堪入目。」

「我們來賭一場，要是我可以在十分鐘之內抓到卡比獸，今天我就住下來，要是沒有我就回家，如何？」

「不要。」當機立斷拒絕，我皺了眉，根本缺乏邏輯。「你有沒有抓到卡比獸跟我有什麼關係？」

「關係著我的住宿問題，關係著妳房間的所有權。」

我以前怎麼沒發現他這麼無恥？

許暘離個性裡最張揚跋扈的一面，或許只有我和他的親人深有體會。

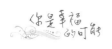

他從來不外顯情緒，恰到好處的曖昧友好，笑得令人如沐春風，是大多女生都會傾心的渾蛋。

他來者不拒，唯獨我是例外。

絕對不能抱有太多浪漫幻想或憐香惜玉的期待，況且我在他眼裡可能還歸類於兄弟，那也因為他唯一底線是：不碰表弟生活圈裡的人。

不巧，我是他表弟的前女友。

相識了十一年，自我恢復單身以來的這八年間，我和他維持著被無數次誤會的關係，進退維谷。

太多人都說這是曖昧。

可是，我非常討厭曖昧這個詞。

為什麼非要在沒有任何定義的關係中，硬是套上個什麼來連結彼此？

有一種關係與情感定義不得。親人的不離不棄、朋友的稱兄道弟，以及戀人的信任親密……即便多麼細心推演，仍然不會得到愛情這個答案成立。

「……來吧，賭就賭，你要是沒有抓到卡比獸，就給我光速滾出去。」看著他得逞的笑容，越發感覺倍受挑釁，補充一句。「不准灑花。」

槓上他勢在必行的臭脾氣，唯恐粉身碎骨，珍愛生命，我要和平解決。

打賭總是有那二分之一的機會。而且卡比獸是多稀有的神奇寶貝，八成是等不到的。

於是，悠長得恍若一世紀那樣長遠的十分鐘開始倒數。我死死盯著手機定時的跳表，深怕便宜他一秒鐘。

九分零二十九秒。

許暘離忽然撐著額頭，漂亮乾淨的面容亮起鮮明到令人不忍苛責的笑容。我一愣，頓時心頭「匡啷」一聲，可惡，還是別告訴我真相吧。

「別耍賴啊。」

他轉過手機螢幕對著我，畫面內是圓嘟嘟瞇著眼的小怪獸，我心涼得徹底。

他看我已經放棄掙扎，隨即回頭開始丟球捕捉。

史記序言說的天道不公就是如此了吧。

我氣結。「怎麼可能輕輕鬆鬆就抓到！」

「妳沒有玩當然不知道。」唇邊的不羈與驕傲此刻竟是格外孩子氣。他用指頭敲了敲我的床頭櫃。「妳家是卡比獸集散地，我這隻是……嗯，第八隻。」

我想一頭撞在牆上，都忘了這個男人有多黑心，狡詐簡直就是他最貼切的形容詞。

「很好，床給你，房間給你，我去投靠蔡蔡。」

「這怎麼好意思，其實妳的床是加大的雙人床。」許暘離漂亮的眼睛笑成月牙，閃亮亮的。跟他的提議認真就輸了。

「孤男寡女的，成何體統。」

儘管有同床共枕的經驗，儘管是純潔的蓋棉被純聊天，但是清醒時與酒醉時還是有差距，此刻邏輯清明的我難以接受。

對面的男人很不客氣嗤笑。「廖琹瑜，其實有病的是妳吧？除了生理層面，妳有哪點算是女生？」

我理智線斷得比保險絲燒壞還轟烈。

大抵是我的表情太視死如歸，孟老夫子所說的惻隱之心起了作用。許暘離摸摸我

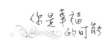

的腦袋，逕自下床拿了架上的衣服穿上。

對於他私自購買的直立式衣架為什麼會出現在我房間，我半點也不想追究。

「你……」被他唬得一愣一愣。

「明天幫我送飯和咖啡，午餐跟晚餐都要。妳答應我就回家。」

「晚餐？你要加班？」抬頭瞧見他瞇起的漆黑眸子中毫不掩飾的威脅意味，我意識到自己的語氣太過雀躍，趕緊補救。「咳咳，辛苦了。」

下一秒我才想起，「不是啊，你們公司不是會統一訂餐？」

「妳打聽得真清楚。」涼涼的語氣裡有太多戲謔和無奈，他一面整理早已被吹風機吹得半乾的柔軟髮絲。

「也沒有啦，上次那個誰還找我拿天使巷的新菜單呢……我跟你解釋這些幹麼啊？可惡。」原來指使我送餐才是圖謀。

揚了揚濃淡合宜的眉毛，彎彎的笑眼裡全是任性。「今天投票決定的餐點我不喜歡，所以妳就充當一天的外送小妹吧。」

許暘離真的超難伺候的。

「從妳店裡直接帶過來。」那發號司令的高傲模樣分明沒有要放過我的意思，忽然這麼體貼太讓人受寵若驚。

果不其然，許暘離嘴角掀起輕淺的微笑，換言之，就是欠扁。

「我勉強接受出自妳手的咖啡，不過，吃的就敬謝不敏，明天的稿子有點急，我不想淪落到住院還要趕稿。」

吃屎吧你！許暘離你吃土我都覺得浪費。

✽

座落於ＳＴ區金色街道末端轉角店面的「黑天鵝一九一一」是我經營的咖啡館。而許暘離的室內設計公司則位於街的另一端，穩重的大理石外牆散發著高貴氣息。

金色街道是這個城市最早迎接夕陽的地方，浪漫的氣氛與街景，盡顯金錢堆砌出來的奢華風雅。景象迷離醉人，巧妙的結合了復古文青風格和時尚流行感。

要說到實際的地價與投資效益，我是一竅不通，創立之初，許暘離每天都鄙視我這個豬一般的隊友上百次。

實際上，咖啡館是我和許暘離以六比四的股份比例共同擁有。

這個比例，還是我還債兩年才達成的理想狀態，怎麼也顯示了人窮志不窮的勤勉形象。

這間店的室內設計是許暘離親自操刀，當時還意外榮獲設計界新人獎。另外必須說的是，他違背了設計人不明言的規則，沒向我收半毛錢。

被他屈指可數的良善所感動，我熏得自己滿臉油煙，替他下廚聊表感謝。殊不知此舉讓他從此不准我再進廚房。

話說回來，延續著我們一貫剪不斷理還亂的無解關係，這間咖啡廳又增添我們生活中的牽扯。

九點三十五分。

我看著貨櫃箱造型的外牆，右側的玻璃推門的古銅色把手上，歪七扭八的掛著「休息中」的木牌子，左側橫架上圓圓的仙人掌可愛且質樸。

擦拭著餐桌的工讀生 Stella 隔著玻璃朝我露出明亮的笑容，店內員工各司其職，頓時顯得我這個老闆有點怠忽職守。

「Yuna 姊，喲，早安。」

Jim 流氓似痞氣十足的問候與風鈴聲同起同落，黑色圍裙斜斜繫在腰際，手中的掃把被他當作麥克風一樣揮舞著。

正想一如既往給他一個微笑，腦中靈光一閃過他昨天洩漏的天機，斂起表情，不動聲色的瞇起眼睛看向他。

但他是善於察言觀色的老油條，見苗頭不對，隨即捲著掃把，一陣風似的跑開，徒留一室響亮的哀鳴繞樑。

「哇哇哇老大騙人啊！說什麼處之泰然，泰山崩於前不改其色就沒事，我被騙啦！我還不如今天請病假——」

我和一旁打理櫃台的小工讀生面面相覷，他是吃了興奮劑嗎？細細琢磨他的話語，Jim這麼笨，想想有點悲傷，被許暘離坑了都不知道。

「他是傻嗎？他就算逃了今天不來上班，總不能辭職躲一輩子吧？」

「喔，Jim 哥說 Yuna 姊是金魚，記憶力只有七秒，過了一天，絕對什麼都記不得了。」

失言者連忙從廚房窗口探出頭來，顧此失彼的忘了辯駁，只管教訓小妹。「新來的！妳背叛好人啊！」

這一刻店裡笑鬧的喧騰掩蓋了悠揚的古典樂聲。

看了看牆上的數字鐘，許久才看清是幾點幾分。必須趕在營業的尖峰時段前讓廚師完成許暘離的午餐，反正義大利麵放久了頂多變成涼麵，也不會那麼快壞掉。

隨口交代了廚房。至於翻手為雲覆手為雨的廚師想端出哪種口味的麵讓本店的金主享用，就不在我管轄之內了。

走進以M字型鐵桿隔出的空間，我專心測量著格局與距離。這裡能規畫文藝活動，提供創作分享或背包客經驗交流，偶爾也能讓設計相關科系的學生寄賣作品。

店面後方刻意挑高部分的天花板，設計樓中樓式的二樓表演區。我預計讓簽約的表演者在此盡情演奏，使用閒置在那裡許久的純白色鋼琴，或也可以開放場地給附近高中吉他社的學生，進行小型成果發表。

回頭將細節補足再送定稿給許暘離。視線落在初版的企畫書，露出思忖的複雜神情。高中時期，在學聯會我明明是在公關組做事，究竟為什麼企畫書寫得比公關函好？

❀

你的笑容很淺，像是要化進青灰色的回憶裡。

灰色領子的白色制服襯衫與百褶裙，青春是熱燙的，也是灼眼的。

愛情是輕描淡寫的，也是情難自抑的。

在我所就讀的高中，進入學聯會是所有學生夢寐以求的事。

謠傳我以回眸一笑擄獲該屆公關組長的青睞，擊敗同梯次面試的另一個女生。這沒什麼，行走江湖，就是會被潑幾回髒水。

錄取了就是好事。我是這麼給自己打氣。

但是在公關組與許暘離共事，真讓我後悔到不行，早知道就該跟徐欣選同一組。

「許暘離就是個惡魔，我才不是他的跟班！」

「我要是沒有把他踢出公關組，我就把這份通知書吃了，可惡！」

諸如此類的抱怨及宣示，會裡的人習以為常，組員們則對我憐憫又感激，我毫無疑問成了代替他們發洩心中怨氣的勇者。

「徐欣你說，他那個人怎麼可以這麼無恥？」擬著已經被退回無數次的公關信，我扯扯腦袋上的三千髮絲，面色鐵青。

「誰？」

「我們公關組的許暘離啊，他居然不給我看前幾屆學長姊的範本，要我自己從零開始。根本是在整我嘛，國文課的作文都沒那麼難。」

徐欣微微一笑，兩邊臉頰上可愛的小酒渦好似會發亮，總能吸引無數目光。

他掏出手機遞到我面前，眼神平靜無波，我卻莫名能懂他的意思。我挪了椅子往他靠近一點，「喔喔喔，這個……」

不只是前幾屆留下來的範本存檔，還有許暘離擬好的信函！

我壓低聲音，仍然掩不住飛揚語氣裡的興奮崇拜。「你從哪裡弄來的？這是高手等級的駭客作風啊，太神通廣大了。」

「光明正大拿到的。」

「不是吧，你是活動組的，怎麼拿得到我這個公關組組員都拿不到的資料？」

許暘離幾乎是內定的下任公關組長了，他會讓機密外洩？

「廖廖，我就想妳怎麼一直沒有發現。」

「欸？什、什麼？」

「嗯，許暘離是我表哥。」

「我為什麼不知道啊？」

我是遲鈍的，或許因為當時整顆心都專注在徐欣身上，那些徐欣之外的人事物，自然沒在我腦中留下任何痕跡。

從未理會許暘離的明示暗示，沒有察覺他們不尋常的熟稔，此刻我真的很驚訝，也暗自慶幸徐欣跟他一點也不像。

自從高一下學期得知他們這層關係，男朋友的表哥變本加厲的奴役我。我越是毫不屈服的槓上他，他彷彿越樂此不疲。

我總是留在會辦腸枯思竭的寫著信函或簽約文案，常常頂著一頭亂髮就趴在桌上睡著，直到天色昏暗才被結束會議的徐欣領回家。

當我發現草稿紙上許多修改痕跡和寥寥幾筆的說明，溫暖與感動都沉入心裡堆疊。我怎麼能不喜歡那個男生？

那個不愛笑卻有世界上最讓人難忘的酒渦的男生，那個聲音缺乏抑揚頓挫卻淡然溫和的男生，那個願意替我分擔不屬於他的工作的男生。

骨子裡的那份敢愛敢恨忽然鮮明起來。

我開始偷偷死纏爛打追著活動組長，死命要他給我看企畫書範本，字斟句酌請他確認可行性，也連續好多天抱著電腦修改動線圖。

徐欣，你讓我明白，喜歡一個人就是拚了命對他好。

我也想讓你幸福。可是，我們怎麼就分開了？

負責打包許暘離那位大爺的餐盒，蒜香白酒蛤蠣義大利麵、一小杯紅酒、方形的布朗尼蛋糕和一杯卡布奇諾。我就說這男人的口味刁鑽，跟個性一樣難搞。

這個腹黑的高冷男出人意料的愛吃甜點，而且挑剔得很，甜度不夠還不肯吞下去，可憐高中三年與大學四年的那些愛慕者完全搞錯方向，黑巧克力根本是苦到他難以招架。

那些心意的下落，我曾偶然瞧見就這樣進了學聯會吉祥物的嘴裡，咳，就是我們身材圓滾的總務組長，他的體重會直直飆升，許暘離要負一半責任。

許暘離嗜甜成痴的小毛病連徐欣都不知道，誰能料到一個堂堂一八〇公分高的大男生有這麼少女的愛好。

清脆的風鈴聲不斷，座無虛席的咖啡廳裡依然保有燙貼人心的寧靜，偶有攪拌棒碰撞杯具的輕聲，夾雜在人群禮貌的低聲談話之中。

店裡播放的低柔清越樂音走到熟悉的曲子，我手下一頓，矮杯子內的熱美式灑出了幾滴落在手背上。

熱氣一圈一圈暈染開來，引起絲絲痛覺，輕微卻難以忽略。

曾經練得精熟，沒有音樂也能確切按照節拍翩翩起舞的黑天鵝，在千人表演廳也能泰然抓準每個步伐和旋轉，如今卻是滄海桑田。

有時候，深入骨髓裡的習慣想戒也戒不掉，直到某天發現失去了早已埋入生活裡的某一部分，那點難耐的詭異，是無法擺脫的咬嚙。

生命的確是一樁太美好的事物，好到無論用什麼方式度過，都像是一種浪費。而以為會堅持一輩子的初衷，在丟失的那刻，悵然是沉重的，釋然也是有的。

只能努力讓自己不留下太多遺憾。

從脫序的思考拉回理智，招了手喊 Jim 過來。他獐頭鼠目賊兮兮的模樣，怕我滅了他似的。

我沒好氣的瞥他一眼。「拿去，快遞給你家老大。」

「咳咳……不是吧，Yuna 姊，這不是老大的午餐嗎？妳要叫快遞嗎？可是妳不覺得，光是等快遞來取件的時間，就已經夠你把東西送到老大手上了嗎？」

Jim 太過訝異，被口水嗆得咳了幾下，他舉起手，用手背抹了抹額際滲出的汗水，反手在圍裙上擦拭著。

「你的女神知道你那麼婆媽嗎？叫你寄就寄，快遞費用報公帳。還有，不准叫專件，就讓他慢慢送，發臭了再送到他手上最好。啊！乾脆拿去郵局寄海運好了。」

「不、不是吧，大姊，老大又得罪妳了？可是妳也不用這樣浪費便當吧。」

他嘴巴一歪，細細盤算著我話語中的真實程度，我瞪著他躊躇不前的舉動，翅膀真是長硬了，對許暘離倒是唯命是從。

我瞇了瞇眼睛，骨感的手指俐落的從左胸口前的口袋掏出一張紙條，在他面前晃了晃，這對他來說肯定是邪惡又難以抗拒的誘惑。

看他眼巴巴傻住的表情，好一會兒我才緩緩開口，「我讓蔡蔡去查到的，你女神的課表。」

聽聞是和他女神有關的訊息，Jim 頓時為難了起來，淺褐色的眼裡露出糾結的神色。

「可是 Yuna 姊，從街尾送到街頭妳說要海運，妳要人家的船乾泳啊？橡皮艇也滑不動，不被郵局拒收才怪。」

「你不去，我先砍死你再說，直接記你一筆曠職。」

「什麼？果然有錢就是任性，當老闆就是威風啊。」

他一面失魂落魄嘀咕著，「我的女神、女神的課表……」一面走向我視線看不見的櫃檯內側，看他無精打采垮下了肩膀的背影，有一秒刺痛我的良心。

不過，我就是不想踏進許暘離的公司。

終是有一天要彼此推開的兩個人，既然無法阻止他像奮力出土的藤蔓一樣攀附滲透我的生活，至少要驕傲的不輕易踏足他的世界，不讓他根植於我的生命中。

Stella 通常只是靜靜旁觀著。她面帶微笑，在接近櫃台的吧台座位旁徘徊，就深怕錯過一幕情節，甚至主動體貼且堅持的替客人添了白開水不下五次，弄得客人們誠惶誠恐又有苦難言。

「Yuna 姊，妳為什麼不願意幫老大送去？他公司裡一定有很多年輕有為的帥氣男人，多好的邂逅機會。」Stella 最後忍不住開口。

「妳羨慕讓妳去？」

「不了不了，我暫時沒有想要和我男朋友分手。」曬恩愛的人最可恥了。

這約莫是青春洋溢的大學生和歷經風霜後的老……成熟女人的差別。

收拾著雕花盤，盤身相疊撞出的清脆聲響沒有蓋過她嘻笑的話語。

「姊妳都單身那麼多年了，應該去拓展交友圈才好。還是因為老是跟著老大混，標準都提高了？老大是不可攀的男神嘛。」她不自覺雙手交握著，吞了吞口水，眼睛炯炯有神起來。

又是一個被許暘離閃亮亮外表騙倒的青春少女。

拓展交友圈？

前提是不能和許暘離的交友圈重疊。像鬼打牆一樣，他無所不在的出現在我的生活中，一點也不正常。

「我看著他十一年，早就疲乏了。」

「是嗎？不知道的人，大概以為老大是想見妳吧，送飯這種理由太老梗了。」

「想個鬼，在他身上才不會有這麼少年維特的心情。」我狠狠皺眉，「他四肢健全，為什麼不自己過來拿？」

我用我中午的塔香雞腿排打賭，許暘離絕對是因為太懶。

「那個……Yuna 姊。」

「幹什麼？」

惡狠狠的回頭瞪一眼先前閃到一邊磨蹭的 Jim，他拿著店內的紅色室內電話話筒，神情說不出的詭異。

他尷尬的指了指話筒，僵硬的嘴角扯出一抹醜微笑。「嘿嘿，那個，老大打來的電話。」

全場工作人員都靜默了，一口氣也沒敢喘一聲，彷彿怕被電話那頭的人聽見。

不是吧，憑什麼他比我更像老闆？

「誰准你上班接非客人的來電？」

「廖琹瑜妳明明四肢健全，那就送過來，親自。」

居然轉成免持聽懂，清冷不帶溫度的聲息帶著他慣有的霸道，理所當然得讓人挑不出一絲異樣與違和，就是那親自兩個字重得不尋常。

電話切斷的長音響起，沒有留餘地。

「Jim你這個叛徒！」

總有一天我要背著許暘離炒了你這個背主的傢伙。

收店的繁瑣事宜轉給已經是資深老鳥的Jim，苦命的我則必須幫惡魔送晚餐。我與Jim最終達成的協議是，午餐由他為許暘離效勞，夜黑風高時由我出馬。

「Yuna姊，妳好自為之，希望妳等一下不會被挫骨揚灰。」抖了抖身子，Jim就是站著說話不腰疼，盡在一邊危言聳聽。

鬆開俐落紮起的馬尾，趕上流行的亞麻灰色髮絲散在肩上，我嗤笑一聲。

Jim修長的手指摩娑著下巴，他壞壞的笑了。「姊，妳這是去色誘啊？」

我氣結，大學生就是想像力特別強。我檢查自己的穿著，白色的V領襯衫、黑色吊帶長寬褲，鞋子也是矮跟的，這身裝扮色誘得了許暘離嗎？

他眼光高，嘴巴更是毒，沒損我就萬幸了。

「他什麼美女沒看過？再說，是他有求於我，怎麼也是他對我畢恭畢敬吧。」

Jim煞有介事的點頭。「那倒是，老大他們那一行眼睛都挑剔得很，而且他們業界還真不缺美女，就算不是五官精緻，也都超會打扮的。」

很好，Jim果然生是許暘離的人，死是許暘離的鬼，跟他曉以大義我還真是瘋了。

「滾一邊去工作，要不然扣你收店的加領時薪。」

大學時的打工經歷，讓我堅持定下的店規之一，就是當天收店員工能夠加領一小時的時薪。

「Yuna姊，妳今天對我很不友善。」一個大男人扁嘴能看嗎？

「那也要看你今天多背叛我。」

「作為罪人，讓我戴罪立功一次吧？」

永遠沒個正經的輕浮語氣，能把自己陽光好看的笑容笑得猥瑣也夠讓人佩服了。

Jim單手拄著下巴，懶散的倚靠在吧台。

清楚他嘴裡吐不出象牙，我瞇了眼睛戒備地睨他一眼。「又想幹什麼？」

「嘿嘿，老大看見中午不是妳送去的，有那麼一點笑裡藏刀的說他記住了，所以，姊，妳保重啊。」

H型的建築外觀，有道長廊自其中一棟的三樓延伸至另一棟二樓。

記得聽過許暘離說明，一側是他們的主要工作室，一側則是接待與進行會議的空間。設計人總是有各種利於思考和激發靈感的方式。

左側工作坊的寬廣度明顯勝過另一棟，內部格局全由他們共同設計。認真說，我這還是第一次造訪。

徘徊在冰冷的大理石建築外，突然覺得自己格外渺小。對應周遭路人的冷靜自持，我是多麼傻氣。

隔著大片晶亮的玻璃張望著，因為不想被盡忠職守的警衛大人及櫃檯總機攔下、追根究柢的詢問身分，我默默掏出手機。

電話很快接通了，彼端傳來男子帶著冷冷笑意的嗓音。

「我到了，你下來拿。」

「妳直接上來。」

喂，這是指使人上癮了是吧？

「不要。」

通話瞬間斷了線，居然被掛電話。太可惡了，許暘離就是個恣意妄為的渾蛋啊！

瞪著玻璃自動門開開闔闔，我用手指狠狠戳了手機螢幕洩恨。

「妳還要站在那裡多久？」

燃燒熊熊怒火的眼神忽地一怔，回頭望向彷彿從天而降的高冷聲息。夕陽餘暉照著他逆光而來的身影，披著一身冷色倨傲的靠近。

該死，這人長得這麼魅惑人心做什麼？

我立刻撇過頭，不願被他發現我看見他時驚艷的眼神，但是一剎那的失神早就被許暘離精準捕捉到，他的身形頎長，站在離我十步遠的位置，嘴角噙著一抹十五度微笑。

「拿去，我走了。」

他迅速移動腳步，瞬間來到我需要抬起頭才能看清面容的近距離，近得幾乎能聽見彼此的心跳聲。我猜他的心跳肯定平穩如常，不像我的紊亂失序。

他的笑容輕佻又疏離，讓人心煩意亂。

硬是把餐盒塞進他手裡，退了步伐打算離開。許暘離卻勾住我的頸項將我扯回身邊，我踉蹌著一頭撞進他懷裡。

「許暘離你幹麼？」

「急著走做什麼？怕別人不知道妳要去見情郎？」

溫潤輕暖的聲音靠在耳畔，直往心底竄去，我不禁全身肌肉緊縮。這人是飢不擇食嗎？不對，我幹什麼貶低自己。

反抗的力道碰上他根本是以卵擊石，輸得一敗塗地，丟臉。

「你神經病嗎，我哪來情人能會面？和溫文儒雅的鋼琴手，約的是下星期聚餐，你要不要這麼心理不平衡？」

「我心理不平衡？」他饒有深意的重複一次，緩慢的語氣像是在細細品味。

「難道不是？你從昨天就怪裡怪氣，你不能因為自己要加班就遷怒我！」死命扳著他禁錮似的手臂，他下一秒卻轉過我的身子面對他。

他牢牢扣著我的肩膀，我喪氣又惱怒的用手指抵著他胸膛，這個男人風風火火的脾氣什麼時候能改一改？

而且這裡是大門口，他能不能注意點形象？

「妳是這樣理解的？」他似乎感到有些無力。

「不然怎麼理解？你以前從不會強迫我送晚餐。」

許暘離向來自信又驕傲，要從他身上流露這種無奈的情緒真的很罕見。

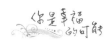

他總是氣勢張揚，鋪天蓋地的籠罩下來，就連當時的前任學聯會會長，都說許暘離這樣沒有情緒的人，什麼職位都能擔當。

他連生氣時都能揚起十五度嘴角，笑得讓人驚心動魄。

「所以從現在開始。」

從容不迫的宣示敲醒我的回憶，我掄起拳頭打他。「你太無恥了。」

「還能更無恥，想見識一下嗎？」漂亮得讓人迷醉的桃花眼流露出邪魅的神情，嗆得我那句氣勢磅礴的「不要」硬生生卡在喉嚨。

盯著他高深莫測的眼睛，夾帶著他慣有的強勢，彷彿要將人徹底捲進去。

「跟我上去。」

我不明所以，「為什麼啊！我要回家，我才不要陪你加班！喂，放開啊！」

顧慮到在大樓外拉拉扯扯太有礙觀瞻，許暘離強而有力的手繞過我肩膀，霸道的圈住我，不由分說刷了卡直直走進大門。

我欲哭無淚，這麼半推半就的姿勢讓人有理說不清。好不容易脫離在校園時的流言，我不想再次陷入跳進黃河洗不清的窘境。

不可一世的作風，無視旁人的愛慕，誰能像許暘離如此爐火純青？頂著櫃檯總機小姐的曖昧目光，終於等到電梯門開啟。用不著許暘離拉扯，我一溜煙鑽了進去。

直到電梯門闔上，在小空間中，只剩許暘離意味不明的戲謔眼神。這種程度我還是扛得住的。

電梯裡有一面長形鏡子，我端詳了一下自己的妝容。上星期狠下心買的活泉水果然挺有效的，一整天都沒脫妝。

我收斂著嘴角不自覺的傻笑。

「笑得真噁心。」涼涼的語氣在背後響起，許暘離戳戳我的後腦。我無辜的摀著疼痛處，敢怒不敢言的表情把他逗笑了。

「妳化妝了？」

「廢話，我今天要上班。」我也不是每天都宅在家裡的好嗎。

他挑眉，表情似笑非笑，只聽得見微弱機器運作聲響的空間內，迴盪著許暘離的嘲弄語言。

「其實不化妝也無所謂，又沒人要看。」

到了他辦公室所在的樓層，還沒踏出電梯，就瞧見工作室門前擠滿了圍觀的人，而且全是男性。

我倒是成了萬綠叢中一點紅，可是一點也沒有眾星拱月的尊崇感，活像是動物園內被觀賞的動物。

略略抬頭，就看見許暘離蹙眉。他很沒耐心的把我往外推，我竟有一種壯士一去不復返的悲涼心情。多希望電梯突然故障，我就能理所當然被困在裡面。

「哇老大，這是帶誰來了呢？」梳著油頭的男生賊兮兮地笑著。他眼尖的瞄到許暘離左手拎著餐盒。「愛心便當啊！我說嘛，難怪看不上我們今天叫的外送壽司。」

「老大，那中午怎麼是個男孩子送便當？嚇得我雞腿差點掉在地上。」挑染紫色頭髮的男生湊上來，眼神十分清澈。

「是啊，我們都是知道老大是獨生子啊，還以為是……嗯哼。」

一群臉上掛著黑眼圈的男生們爽朗的笑鬧著，模樣雖然疲倦，說話的語氣卻很有朝氣。

這生活圈裡的許暘離，對我來說是陌生的。

微小的觸動漸漸在心頭上強烈起來，像是臉上浮起的青春痘，放著不理會它嫌礙眼，擠了則微微痛著。

咳，這個比喻實際得失了美感。

一個走神，話題就一瞬間星火燎原燒到我身上。

「大嫂大嫂，妳不能只給老大送飯啊是不是？」

「是啊大嫂，也順便幫我們大家都送愛心便當吧？就是再多準備二……三、四五個而已！不會麻煩吧？」

他們左一句大嫂右一句大嫂，喊得我頭昏腦脹。揉了揉眉心，我什麼時候被冠上這樣一個身分了？

求救的看向許暘離。他從剛剛一句話都沒說，這才赫然發現他自顧自打開了餐盒，坐在一旁獨善其身的享用起晚餐，完全不打算排解這個場面。

他忘了我也沒有吃飯嗎？

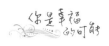

不對，他沒聽見他的同事胡言亂語的叫我「大嫂」嗎？

許暘離好一陣子沒有女朋友，該不會就是被這幫兄弟們的口無遮攔害的吧？那也不要拖我下水啊。

「大嫂，妳看老大做什麼？」挑染著紫色頭髮的男生眨了眨眼睛，用著發現什麼驚世祕密的口吻，一隻手自然的搭在我右肩上。

「那個……」

梳油頭的男生在一旁陪笑著，拍掉他在我肩膀上的那隻手，警告意味十足的斜他一眼。這啞謎打得太艱深，我完全沒看懂他們這小小的內鬨。

「那是古人說的『出嫁從夫』啊。」搭話的是個規規矩矩的穿襯衫打領帶的男生，說起話來卻也是口沒遮攔的。他努努嘴，「人家名花有主，這種事必須問正主吧。」

「不不不，你們誤會……」

「對對對！」

所有人一致點頭贊同，完全忽略我這個當事人的意願和辯解。

許暘離終於施捨的瞥過目光，性感的薄唇輕輕揚起，嘴裡咬著吸管，讓我不禁想起「斯文敗類」四個字。

「你們確定要吃她做的料理？」誰說我要煮了？

只有他知道出自我手的料理有多恐怖。我閉嘴不再出聲音，他們的眼睛都沒有我雪亮，沒發現許暘離這是要出招了。

「怎麼樣？老大你准嗎？你要是藏私就太沒有兄弟道義了。」

「是嗎？我准啊。」他從容優雅的偏過頭，笑彎了眼睛。許暘離氣定神閒的拿起超甜的布朗尼徐徐品味。

「不准？嗯？我剛剛有沒有聽錯？」說話的人悄悄架了隔壁人一個拐子。

「沒有，我聽見老大是說准了。」

一夥人茫然無措的目睹這轉折。我撓了撓頭，不知該怎麼解釋我的手藝是如何驚天地泣鬼神。

一群單身男子灼熱的盼望讓人難以拒絕。我強自壓抑如雷的心跳，斟酌著語句，小心翼翼的正想開口，盤算著是答應下來，請咖啡廳廚師幫忙準備，還是挺直腰桿說

「不」。

許暘離露出計謀得逞的壞笑，聲音不慍不火，「要是吃壞肚子，可不能算是工作傷害。」

我一愣。正確的說，是沒有人反應過來。

許暘離拄著線條俐落的下顎，揚起人畜無害的笑。

世界像被按下靜音，一點聲響都沒有。我咬牙切齒的瞪著罪魁禍首。

「上次廖琹瑜親手做了料理，吃過的人後來在醫院躺了兩天。」

騙鬼啊，那是你罪惡的臉迷得護士不肯讓你辦退房，簡直是浪費廣大國民的醫療資源，居然算到我頭上。

大家不可置信的眼神逐漸轉變成漫天的惶恐，我哀嘆自己的名聲就這樣毀了。

最後圍觀的人散去，回到自己的座位上。他們各司其職的認真背影是挺帥氣的。

「妳可以自己四處看看，我接個電話。」許暘離扔下一句話，轉身就走，把我丟在原地。

隨手撥弄凌亂的劉海，有點苦惱。要是真的趁著現在這個大好時機溜走，我有預感後果不會太妙。再者，他那些愛八卦的同事們絕對會大驚小怪。

如果在溜走的時候當場被抓包，也很糗。

猶豫的目光飄移了下，腳步不由自主走近刷白牆上幾幅裱框的設計稿。筆跡率性又桀驁，線條不拖泥帶水，充分展現設計者狂傲不羈的性格。在細節處又細緻精準到不可思議。

全神貫注看著，有些怔忡，懷抱年輕時候的夢想，捧在掌心呵護著萌芽開花。夢想。

這兩個輕巧又沉重的字落在我心上。曾經引以為傲的才能，因為太理所當然而沒有珍惜，因為年少輕狂而不願負載。

收起對夢想的想望，這是已經溶進血液裡的念頭，不曾後悔。見到昔日並肩的朋友們都各自秉持初衷，內心才瘋狂掀起惋惜。

「其實，還是值得。」

遺憾的是沒有在最能揮霍的絢爛年華再舞一曲，僅此而已。

沿著設計感十足的走廊，走到許暘離的個人辦公室。輕手輕腳地繞過製圖桌，深怕碰壞了任何一角，我做牛做馬半輩子也賠不起。

以身相許恐怕也沒這價值。

一屁股坐到他大爺置於角落的尊貴深色皮質辦公椅上，明亮的眼骨溜溜轉著打量他長期駐紮的環境，像個得到糖果，欣喜好奇的孩子。

既然不可避免地涉入他生活的另一面，那就這樣吧。

隨波逐流也不是什麼壞事。

趴在擦拭得閃亮到沒絲毫指紋的桌面，定睛一看，我猛地挺直懶散的身子。這、這太匪夷所思了。

我迅速奪過桌面左側的相框，用力蹬了地板一下，讓旋轉椅的椅背對著門口，我雙手握著相框，傻傻的笑了。

這傢伙也挺念舊的啊，留著高中學聯會時的照片就算了，居然還擺在辦公桌上。

畫面背景是高中母校的禮堂，我細細回想冬天的例行活動，大概是耶誕夜校際聯合舞會的時候吧。那陣子是最忙碌的，要與外校聯合舉辦活動，還要準備緊接著到來的期末考，要是成績不好，可是會被退會的。

忍不住笑出聲。我盯著合照，所有幹部與高二成員大約十六個人，朝著鏡頭行著很不莊重的舉手禮。我反常的沒有黏在徐欣身邊，卻是拽著許暘離，惡狠狠的要他合群。我的淺褐色長髮飄散，彷彿與他深色的短髮交纏。

「偷偷摸摸在做什麼？」

我的肩膀不可抑制的猛一抖，這反射性的驚嚇反應被他收進眼裡，眼底漫開張揚的笑意，骨節分明的手指輕敲著手中馬克杯的杯身。

「作賊心虛？」他高傲的抬抬下巴。「還侵犯隱私權。可是如果是我們廖廖的話，我很樂意的喔。」

「樂、樂意什麼？」

「侵犯隱私權、侵犯……我啊。」他笑咪咪的表情很讓人消化不良。

我一陣惡寒，全身起雞皮疙瘩，「有病記得看醫生。」

難道他對許多任女朋友都是這樣調情的？

那些女生的心臟可真強大，果然是顏值戰勝一切。

許暘離拿起我放在腿上的玻璃相框放回原處，我愣了愣，他執著的點很奇怪，我

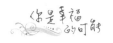

看怪物似的來回打量他。

「你什麼時候變得那麼念舊？」

「我一直都這麼有情有義。」

彷彿聽到天大的笑話，我不以為然的笑了。下一刻，對上某人「友善關愛」的目光，卻又很不爭氣的縮了縮脖子。

「你要是有情有義，那麼多前女友你要怎麼解釋？」

「我只知道我沒要她們喜歡我。」這個人的冷傲就是這麼渾然天成，是不是從來沒有人能讓他動真心？

想到這裡，我鬆一口氣，莫名感到慶幸。

深深呼吸，不動聲色的收拾驚世駭俗的想法，我絕對不承認。

「你再抱著這麼爛……咳，這麼不世俗的愛情觀，絕對會孤老終生。」

「一樣單身的妳好像沒什麼資格說我。」

很好，殺傷力強大。

我可是被他荼毒足足十一年，這點攻擊勉強還承受得住。

「我又沒有被催婚，阿姨可是每天在你耳朵邊叨唸。」

「所以妳要我現在立刻交個女朋友？」

「那怎麼可以？」他眼底驟然點亮了光芒，我怔住。「你是應該要認真交個女朋友，否則你站到大街上振臂一呼都是萬人響應，那結果一定跟之前一樣。」

他沒好氣的瞟我一眼。「多謝妳看得起我。」

「好說好說，超過十年的時間你都是這形象的。」

許暘離懶得再搭理我，將我攆出去替他煮咖啡。

接下來數不清的日子，我被各種藉口逼迫，當起許暘離的專屬送飯工人。他珍貴的妥協，是接受我以曬黑為理由的抗議，中午由 Jim 代勞。但是他大爺晚上加班到幾點，我就必須陪到幾點，無條件被他指使著奉茶，不時還要跑腿買消夜。

所幸他們辦公室有一座高級沙發，夠我蜷著身體小憩，許暘離也還算有良心，買了條小毛毯給我。他讓我待在他視線所及的地方，又老愛在我欣賞韓劇男主角時催促我幫他煮咖啡，時間點抓得超準。每次我回來，就看見網頁全都被關掉。

我氣得想殺了他一了百了。

「老大我肚子餓了啊，晚餐都消化完了。」

「是啊老大，晚餐已經連渣都不剩了，我們去吃點消夜吧？」

許暘離舒展他修長的雙腿，鋼筆末端規律的敲著桌面。「以我對你們的了解，重新回到工作崗位大概都要十一點了，你們想通宵熬夜？」

挑染紫髮的男生一驚，注意到躺在沙發上追劇的我，手指驀地指過來，露出期盼又可憐兮兮的神情。

「幹、幹麼？我不餓。」

「大嫂，大嫂！妳幫我們買吧，巷口的鹹酥雞就好，一份加芥末粉，一份加泡菜口味的椒鹽，我們很好養的。」

哪裡好養了？

大概是我鄙夷的視線過於強烈，他滿臉的悲情更誇張了。「進行創意發想是很消耗的，我們還要手繪，我怕我沒力氣握筆啊！」

「對啊對啊！總不能讓我們只喝咖啡吧，根本是慢性自殺……」

「現在餓得前胸貼後背，大嫂不幫我們買消夜，我們手畫不動，稿子沒辦法如期完成，老大就會……」

「閉嘴。」我難得抓到空檔開口。真的聽不下去，不過是要我幫他們買消夜嘛！再放任他們亂說，搞不好臭氧層破洞都要算到我身上了。

指腹滑過滑鼠盤，按下暫停，我無奈的穿上外套起身。「除了鹹酥雞還要帶什麼嗎？」

一抬頭，便對上他們燒灼著敬意的目光，嚇得我手一顫。他們才不是很好餵養，是很容易滿足。

「我讓她來，不是來打雜的。」清冷的的嗓音聽不出是喜是怒，許暘離幽幽的眼眸深沉，唇邊一貫的笑，帶點威脅的意味。

這話說得很暖，更有一點佔有意味，我聽得傻了。

「老大愛惜大嫂，我們、我們就是根草啊！」一起加班的同事都要哭了。

「見色忘友成這樣，我們一起打拚時，大嫂還不知道在哪裡輕鬆呢。」

喂！這是人身攻擊，我可是比你們還早認識許暘離喔。

無言的攤攤手，我望向許暘離，他才是主事者。人在屋簷下，不得不低頭，我連熱心服務也得經過他同意。

認知到他們沒吃消夜絕對會繼續僵持下去，許暘離按了按發疼的腦袋，難得屈服了。

「哇喔！老大要親自去買鹹酥雞！」他們震驚得不得了，相互交換視線。「百分之百會特別好吃。」

狗腿，太狗腿了。

「廖琹瑜，跟我走。」

他大爺一說話，就知道我的感動都是浮雲。

看了他穿著襯衫的單薄身子一眼，想逞英雄用不著挑我在的時候，要是病倒了，我肯定又要被奴役。我趕緊抱起他的外套跟上。

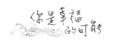

與許暘離披著夜色並肩漫步的畫面實在太詭異。

偷偷偏頭看了眼他稜角分明的側臉，他的身影和沉沉的氣息，渾身彷彿要融進背景裡。似乎察覺我小心翼翼打量著他，他低頭看我。被抓包了我也不心虛，衝著他咧嘴笑。

「很醜。」

「當然，誰比得過許美人你呢。」

嘴角不著痕跡地抽了一下，許暘離瞟了我一眼，真要我形容，那就是風情萬種。

看他忍著不反駁，心情頗為舒坦。輕巧旋了個身，披肩的長髮在晚風中揚起。翩翩起舞似的，噠噠兩聲原地落定，我面對許暘離，很孩子氣的倒著走。

他黑曜石般清亮的眼眸裡有難以言喻的深沉情緒，卻又彷彿漲潮時拍向海岸的浪。

「許暘離你……」

突來的力道扯著我往他靠近，說到嘴邊的問句硬生生哽住。許暘離另一隻手圈住我的肩膀，我一頭撞進他胸膛。

很痛耶！這小子耍什麼浪漫？

僅是幾秒的變化與發展，隱隱感覺刺眼的亮光閃過，機車呼嘯經過身邊，我微怔。

他扶在我右肩上的手厚實溫暖，感覺到他逐漸加大的力氣，我回過神，抬頭看他，清俊如畫的眉眼間盡是怪罪的神情。

我忍不住縮了脖子，想從他的禁錮中脫身，卻使不上力，男生他媽的就是力氣大啊！

「不能怪我不看路，要怪就怪他們為什麼飆車。」我吶吶的辯解。

「推卸責任倒是很快。」唇邊冷冷的笑意我太熟悉了，是山雨欲來前的寧靜。

「本來就是行人最大。」

「前提是行人要長眼。」

什麼意思，這是拐彎抹角罵我不長眼嗎？

看我很不服氣，許暘離維持著聽不出喜怒的語調。「誰叫妳在路上倒著走。」

我咬牙切齒的張大了眼睛。

「還有話要說？」

這種再申辯也是徒勞的語氣，簡直是蠻橫的無賴。

眨了眨眼睛，我頓時理直氣壯起來。「我是信任你，把我的安危都交給你了，你沒救到我才是罪惡。」

「信任我？」

「不信你信誰？十一年鐵打的交情，此時不用，更待何時？」

他露出不想再跟我說話的表情。我泰然自若地拍了拍他的手，示意他放開。忙著和他爭辯，一時之間沒有意識到我們的距離是那麼貼近。此時忽然清醒過來。要淡定才行。

許暘離順勢鬆了手，我暗暗平撫紊亂的氣息。幸好他沒有為難我，還以為他又要嘴賤的酸我幾句。

「啊，後天我跟雁誠約了吃飯。」迅速轉移話題，報備著行程。不對，才不是報備，說得好像必須得到他的許可，我才不歸他管咧。

他蹙眉，我趕緊補上一句。「就是之前跟你說的鋼琴演奏家，我不是打在企畫書上了嗎？」

「忘了，又不是太重要的名字。」

「那你到底覺得什麼重要了？」

「妳……的名字。」

他刻意且不懷好意的停頓，讓人心跳漏了兩拍。這人又不動聲色的耍流氓，果然死性不改。

我乾笑兩聲，給了他一個白眼。「不好笑。還是其實你是想找我一起看《你的名字》這部電影，怕我拒絕啊？」

夜幕低垂，在昏暗的天色中，仍然看得出他的臉色黑了幾分。

我扁了扁嘴，要見好就收，免得這個小肚雞腸的男人又找機會報復。

「所以，後天你看是要跟工作室同事一起訂便當，還是讓新的那個女工讀生幫你送，因為晚上 Jim 要負責收店，他走不開。」

他淡淡笑了。「不怕我染指她？」

「許暘離你禽獸啊？她是大學生，還是大一新生，你下得了手？」

「都說年齡不是問題。」

「你沒救了。」

一時無語，我怕罵得太狠，會被這小心眼的男人給滅了。

瞪著他毫不退縮的張狂，與毫不掩飾的輕佻，許暘離彎彎的眉像是在挑釁，就是看準了我怕他招惹在我店裡工作的女孩子。

我掙扎了一下，「要不讓 Stella 去吧，你總不會連名花有主的都下手吧？」

這我真的沒把握，許暘離就是這麼樂於挑戰底限的人。

「那如果她是自己沉迷美色，就與我無關了吧。」聽來風輕雲淡，滿是笑意的聲息低低的、暖暖的，卻有濃濃惡意。

我瞠目結舌，差點想咬掉自己舌頭，辯不過這個神經病。

「那你想怎樣？」

「把那個飯局推了，一切照舊。」

「許暘離你螃蟹啊！」這橫行霸道的作風，我氣到用力推了推他的肩膀。「前幾年沒有我送便當，你還不是這樣吃過來的？我就不信店裡的菜好吃到你天天吃都吃不膩。」

這陣子他要我幫他送晚餐，從來沒有表示要吃任何一家我們的店之外的餐廳或店家。照這樣天天吃餐餐吃，他沒反胃，我看了都想吐。

「嗯，吃習慣了。」

「毛病多。」我咬了咬牙。

「妳說是十一年的交情重要，還是一面之緣的男人重要？」

被打敗了，我瞇了瞇眼，再也懶得和他抬槓。這男人太陰險了。

我要是說蹭一頓飯比較重要，他能不能原諒我吃飯皇帝大的心情？

「這樣臨時改時間，很沒信用耶。」我嘟囔著，心裡也是有一把尺啊。

「妳有那種東西？」他不屑的反問我。對於許暘離的控訴，我竟是無言以對。不就是大學時不小心睡過頭放了他幾次鴿子嗎？

誰要他愛叫我大熱天去球場幫他送水？就算晚上我也不樂意去，去了註定要成為眾矢之的，許暘離是聰明一世糊塗一時，還是真想整我啊？

要是不答應他，他又死不離開宿舍。多年如一日的霸道，我也只好抓到時間就睡。

「妳跟他改時間，等我忙完手上這個案子，我跟妳去。」

我驚奇了。「你要去？他是男的，是男的喔。」

許暘離整個臉垮了下來，一副想掐死我的態勢。咳，不能怪我，這個人不是直男著稱的嘛，忽然這麼積極要參加和另一個男人的飯局，很難不讓人懷疑他的動機。

「廖琹瑜妳皮癢是不是？」

「沒有，我好得很。」

眨了眨眼，察覺他越發接近的頎長身形，危險的氣息波濤洶湧的襲來，我完全無從逃脫。

「哎喲，我後天鐵定、絕對、肯定會頭痛胃痛頭髮痛，會虛弱得沒辦法和氣質男去吃飯的。但是送飯這種舉手之勞，應該還是辦得到。」

忍不住在心裡唾棄自己。許暘離自從身兼總監與工作室老闆之後越來越強勢，我就是俗辣，不敢再像以前那樣和他唱反調了。

「嗯，我相信妳。」

「這種相信一點也不需要。」

許暘離不以為然的聳聳肩，飛揚的眉宇間盡是戰勝的得意。越來越幼稚，在這事佔上風也能沾沾自喜的。

「咳咳，你幹麼突然想一起去？這樣不只要臨時改時間，還要跟對方說會多一個人。」

「怕妳太不矜持，去監督著。」

「我才沒那麼飢渴。」

「也對，每天看著我這張臉，外面隨隨便便的男人都看不上眼了。」

這麼無恥的結論，他到底是怎麼想出來的？

瞄了瞄夜色裡他剛毅的側臉，帶著少有的認真表情，輕輕淺淺的笑著。

「呃，那是你買單還是他買單？」

我一緊張，就會不自覺轉移話題模糊焦點。許暘離大概很習慣了吧。

「我買單。」

「這才 man 嘛！」

忽略許暘離話語中咬牙切齒的無奈，我拍了拍他的肩膀。

站在鹹酥雞攤子前，許暘離開始畫單點餐。連這種時刻，他的背影都看起來非常帥氣，太不科學了。

因為實在受不了頭髮沾上油煙味，我抓起披散的長髮，隨意紮了馬尾，往前一步，靠在許暘離旁邊跟著檢視菜單。

他忽然偏過頭問我，「要吃什麼？」

「我不用吃，你幫其他人點就好。」

「妳不說，那就是我點什麼吃什麼囉。」

我抬頭瞧他，這個人只聽自己想聽的話的壞毛病又發作了。

「我說我不餓。」

「不餓也要吃。」

「不餓為什麼要吃？你明明知道我不太吃消夜的。」

大學時期，同學間最喜歡約了一起去吃消夜。我老是被三催四請才偶爾跟著去，寧願裝睡裝病或假裝認真讀書，也不願意出門。倒不是因為懶惰，是我真的沒有吃消夜的習慣。

從小學習芭蕾舞，早就習慣了要維持身材。除了不吃消夜，用餐也只吃到七分飽。甚至三餐也不是很規律，常常睡過頭就略過，或是草草吃點水果了事。

以至於健檢報告上經常被標註「體重過輕」。

只有在和徐欣交往的那段日子，不知不覺被養胖不少，唉，往事不堪回首。

「妳晚餐才吃六顆水餃。」

「還有一根香蕉。」

「妳還在節食？」他低聲問我，目光深邃得彷彿要看進我心底。明明沒什麼好心處的，都怪他尖銳的探究語氣讓人莫名緊張。

「我哪有節食。」低頭轉開視線，我這樣應該也算穠纖合度吧，為了該發育的部位能夠好好發育，青春期還被逼著吃青木瓜耶。

許暘離欲言又止。過了一會兒，他收斂起懾人的氣勢，緊蹙的眉突然鬆了，唇邊揚起再明顯不過的微笑。

「上個月健檢的報告是寄到我信箱的。」

「我說你，你也太變態了吧！不對，這違反個資法啊。」

「哪裡違反，妳想太多。」

「怎麼沒有？你是我的誰啊，就只是陪我去，報告怎麼會寄到你信箱？」這個人不會是色誘護士或醫院行政人員了吧。

我摸摸手臂，瞬間感到陰風陣陣。

「妳那時候要我幫妳填資料，收報告的電子信箱我就順手……嗯哼。」

看似輕描淡寫，我卻從他的話裡聽出嘲弄和高傲，這傢伙喜怒不定的脾氣是越來越登峰造極了。

八九不離十，這次健檢結果體重又過輕了。

「你真是老謀深算。」只勉強吐出這樣似褒似貶的一句話。

「謝謝。」

「才沒有要稱讚你……所以我的健檢結果怎麼了？不會有什麼問題吧？」

「胡說八道什麼。」他臉色沉了下來，許暘離清亮的眼裡燃起星星點點的責備之意。「妳只會禍害千年。」

「你才遺臭萬年。」

「妳這身材實在讓人很難稱讚，不如吃胖一點，反正現在流行棉花糖女。」

「喂許暘離，什麼讓人很難稱讚！還有，要從我現在的體重吃到棉花糖女的標準，是要我直接灌沙拉油嗎？就算……呃！」

在我正用激昂的語調據理力爭時，猛地被一道力量環住。許暘離單手攔腰將我攬進懷裡，唯美畫面的真相是，他這一抓對我來說根本是用上蠻力了。

好在我反應快，及時伸手抵在他的肩胛，才沒有撞上他多到不行的骨頭……多到不行的骨頭？我在胡言亂語什麼啊！

「你幹什麼啦？」

「這種攬一下就會斷的腰哪裡好？」

「那種衣服穿上去找不到腰的就很好嗎？」

「繼續說。」又是嘴角揚起十五度的輕蔑和威脅。

「我、我……干你什麼事！又不是給你抱的！」我又在亂說什麼？這根本不是重點啊！

腰間溫暖且強而有力的手臂驀地縮緊，我幾乎覺得自己是被掐住脖子的鵝，媽呀，這人還是一樣毫不手軟。

「小美女！妳男朋友是心疼妳啊，現在年輕人都覺得越瘦越好，其實阿姨我喔，覺得有點肉比較好看啦！」

石化了幾秒，我艱難的扭頭看了和藹可親的婆婆一眼，她一邊按下定時器計算炸雞的入鍋時間，一邊深有同感的對著我們笑。

「那個，阿姨妳誤會了，我們……」

「我知道我知道。可是小美女妳要想，妳們年輕女生愛美不也是為了讓男朋友有面子嗎？像小帥哥這種要養妳的，真的要好好珍惜。」

不！阿姨，妳的劇本發展不只超速，根本就是脫軌了啊啊啊！

許暘離無視眼前這天大的誤會，手仍然環在我腰間，還隔著衣料摩挲了一下。

我肢體僵硬，渾身一陣細微的戰慄，努力告訴自己必須鎮定。

許暘離漂亮的睫毛搧了搧，非常魅惑撩人，他呼吸的氣息隱約拂過我的臉頰邊。

「聽見沒？」

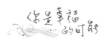

「聽見了。」我反覆深呼吸，抬頭朝他眨了眨眼。

許暘離嘴角一歪，向來無懈可擊的笑容有點變樣，接著挑了挑眉。許暘離溫熱的氣息使我臉上也熱了起來，我下意識摸了摸臉。

死變態，還不放手啊？

「男朋友？」

我沒好氣的擰了他手臂一把，不甘示弱。「你神經病！」

拗不過許暘離任性的要求，我只能去電告知受害者雁誠。曾經耳聞雁誠是個做事一板一眼的人，要是因此得罪他，錯失這好機會，我絕對饒不了許暘離。

等待接通的鈴聲響了好一會兒，才終於「喀」地接通。

「是雁先生嗎？你好，我是Yuna。現在方便講電話嗎？」

電話那頭傳來溫潤的嗓音，是令人如沐春風般的和煦音調。「Yuna？可以，我剛練習結束，怎麼了嗎？」

「練習？雁先生平常都練琴練到這麼晚嗎？」

可見琴聲是行雲流水到古人形容為「六馬仰秣」的程度，鄰居都不抗議的。

「習慣了。一天沒花五、六個小時練習，就覺得全身不對勁。」

身為音樂界年輕一輩萬眾矚目的新秀，還這麼孜孜不倦，果然是有為的好男人。

這樣我怎麼好意思臨時開口說要改時間，我的良心過不去。

內心兀自糾結，眼角餘光看見許暘離面帶威脅的盯著我，不懷好意的笑了笑，從容的在距離我三公尺處走過。

背脊發冷，我是自身難保，只能對不起雁誠先生了。

「還有。」

飄遠的思緒被話筒那頭的溫和聲音拉回來，「還有？」

「我家的鋼琴室有隔音設備，不會干擾鄰居安寧的。」

雁誠先生，你這麼像我肚子裡的蛔蟲，我很害怕。

嘿嘿的乾笑兩聲，我輕輕咳了咳，趕緊接話。

「雁先生你真幽默啊，哈哈哈。」

「妳可以叫我雁誠就好，都一起吃過飯了，我們也不要這麼客套。再說，往後還是合作夥伴啊，不是嗎？」

「好。我以為你會在意稱謂和界線，所以不好意思一下就直接叫你的名字。」

「Yuna 妳倒是和第一次見面時一樣可愛。」

他笑意盈盈的聲音傾瀉流淌著無比的和善，還用那樣的溫度直白的稱讚我，讓我很受寵若驚。

與許暘離相處久了，一時間很難適應從天而降的讚美和褒揚。我手足無措的拍拍胸口，頓時想起是在通電話，他不會看見我尷尬和害羞的反應。

默默收回手，我反覆咀嚼「可愛」兩個字。許暘離的毒舌根本是與生俱來，就連要稱讚人也說不出什麼好聽話，我已經許久沒有聽見這麼和藹的話語了。

「雁誠你也比我想像中的更有氣質。」這半生不熟的社交對話讓人疲憊。

難道是被許暘離折磨到忘記被讚美時該怎麼回應嗎？我一點也不想承認是這麼回事，再怎麼說，我的跳舞底子也是從小被稱讚到大的。

「過獎了。對了，妳打電話給我有什麼事嗎？我們不是明天就要碰面了？」

「呃，對，就是這件事。是這樣的，方便把見面的時間再延後四天嗎？」

「當然可以。出了什麼事嗎？」

哪能有什麼事！就是人在江湖，身不由己。

他的體貼讓人感激涕零，我重新振奮了精神，聲音輕快了起來。

「就是突然有急事，雖然不是很嚴重，可是非處理不可。真的很抱歉。」

「沒關係，時間上我沒問題，妳不要有壓力。反正只是延期又不是取消，我很開心。」

很開心？

眉頭輕蹙，握著手機的手緊了緊。都確定要合作了，所以才約定再碰一次面進一步討論細節。他有更好的想法，我總不能不聽吧。

「還有，那天吃飯會再多一個人來，你介意嗎？算是我咖啡廳的投資人，他對你滿有興趣的。」

咳，男人對男人感興趣，這種話說出來我都覺得哪裡怪怪的。

「我原本很期待和妳單獨共進晚餐，不過，既然是投資人，那也沒辦法拒絕。」

「別擔心，他會負責買單的，雁誠你可以隨意挑選餐廳沒問題。」

他忽然停頓下來沒有接話，我正疑惑說錯了哪句話惹他不開心還是收訊不良，隨後，才傳來雁誠低低的笑聲。

「知道了，恭敬不如從命，晚點發餐廳資料給妳。」

嗓音優雅有磁性，我的心跳瞬間亂了。支支吾吾半晌，懊惱的扯扯頭髮，最後終於順利回了話和他道再見。

「等等，Yuna，妳都早上上班嗎？通常什麼時間會下班？」

「是啊，通常九點會到。不過這幾天不是我收店，所以傍晚就離開了。」

要九點準時抵達，前提得是我沒在半睡半醒迷迷糊糊間按掉鬧鐘。

再者，不用親自收店的閒適日子建立在必須給許暘離送餐的條件上。那份欣喜毫無疑問大大打折了。

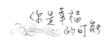

「明天也是嗎？」

「喔，是啊，我這老闆得做個好榜樣嘛。怎麼這樣問？」

我容易被別人說的話引導。從前許暘離就經常為了這個小毛病訓我，他說在公關組，必須把自己訓練成說服者，我根本不及格。

「沒事，那就下次見了。」

藝術家的心果然是海底針啊。

緩緩吐了一口氣，扶了扶痠痛的腰，轉身要走回許暘離的個人工作室時，掌中的手機突然強烈震動了幾下。於是我停下腳步低頭察看。

「既然聊得很開心，看來不是很餓，煮完咖啡再進來。」

去你的，是誰害我餓著肚子在這裡交際周旋的？

根本沒有最不要臉，只有更不要臉。

抱怨歸抱怨，手腳還是反射性的按照指示行動。我不但孬，還很自虐。

熱氣裊裊升起，濃郁的咖啡香氣暈滿整間小廚房，滲入身體每個細胞，我也感到被溫和的香醇味道輕輕擁抱。

疲倦都暫且得到舒緩，額際隱隱的抽痛也稍微平息了下來。

「大嫂大嫂，不要只給老大啊！我們也要！」

「是啊大嫂！都給我們來一杯吧！我們也都被工作整得不成人型啊！」

許暘離那些同事的呼喚聲此起彼落，走街穿巷似的潮我湧來。我眼角不著痕跡的抽了抽，正在過濾咖啡的手不禁抖了兩下。這群人，真是來討債的。

從上方的櫥櫃拿出他們各自的杯子，仔細分配三種咖啡。要是許暘離一個人難搞也就罷了，偏偏這辦公室聚集了一群口味龜毛的人。難怪每天訂購外送的場面都搞得像戰場。話說回來，相較許暘離極端的挑三揀四，其他人勉強算輕微了。

我的包容力絕對是世上難尋了。

幸好就是替他們煮煮咖啡，下廚這種危害公共安全的事就不用了。話說我也不想變成窩在廚房的黃臉婆，怎麼樣我也算是出得了廳堂吧。

「大嫂，咖啡好了嗎？這麼遠都聞到味道了耶，好想喝喔！」

挑染了紫髮的 Webb 是最孩子氣的，老是用純潔無害的眼神看人，實際上很頑皮也有點愛搗蛋。他從辦公桌隔板上探出頭來，眨巴著眼睛等待。

「大嫂在煮咖啡，等就對了，你吵什麼吵！」

「臭陶德，你才該閉嘴！」

這種隔空叫囂的場景，現在我已經不陌生了。陶德已經是將近三十歲的大男人了，還是喜歡和 Webb 鬥嘴看他出糗。

我敲了敲門板，他們一個個起身，轉頭看過來。

「別吵，有手有腳都自己過來拿。」

「好耶！」

「來了來了！我們才不敢讓大嫂送呢！」

「是啊，那可是老大的特權。」

設計精巧的小廚房頓時變得擁擠，幾個身形修長的男生擠進來，原本咖啡香氣繚繞的空間中混入他們身上淡淡的古龍水味。

不得不說，這些人的喜好很有品味。

「嗯！就是這個味道！以後不用再喝那些難喝的即溶咖啡了！」

「大嫂就是化腐朽為神奇，我們都煮不出這口感的！」

他們忙碌一整天，這時說話的聲音有些低啞。從事設計業的人大多都很講究穿著，但不是所有人都天生就長得好看。他們這群人外型都很賞心悅目，加上富有磁性的聲音，要是能不盡講些廢話就更完美。

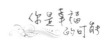

我依舊以惡狠狠的眼神示意。「大嫂大嫂的還沒叫膩？什麼時候才能改口好好的喊我名字？」

「可是大嫂就是大嫂啊。」

說這什麼話，我爸媽又不是沒給我取名字。

耍著我玩就算了，許暘離也算半個當事人，居然一聲不吭的讓他們玩鬧那麼久，很詭異。

不會是想拿我當擋箭牌吧？姊才沒有那麼博愛又廉價。

「要是再不改喊我 Yuna，以後就自己煮咖啡。」

「我靠！太狠了。」

他們頓時像吃到黃蓮，臉色糾結。Webb 甚至舔了舔杯緣的咖啡渣，好像已經做好心理準備再也喝不到我煮的咖啡。

不就是改個口，明明只是兩個音節的事，難道是許暘離不尋常的空窗期已經引起兄弟的憐憫了嗎？

第二章

到這裡打混了一陣子，每個角落置放什麼盆栽我已經一清二楚，甚至哪面牆掛了什麼圖都能準確的說出來。

我的活動範圍最遠僅達小廚房，許暘離也絲毫不避諱我，夜間的臨時會議直接在他的個人辦公室召開。他不會要我迴避，只是我得移駕到他高檔的皮質座椅。

依照醞釀在平凡日子裡，這份莫名又自然的熟悉，有個問題我實在好奇，憋了好久。直到這天，在他們享受偷來的悠閒時光，啜飲咖啡的短暫空檔，我才抓到機會發問。

「你們這裡沒有吸菸室？」

「沒有啊，怎麼？不是吧，大嫂妳想抽菸啊？」Webb 一說話，氣息間全是咖啡的濃郁香氣，與他驚奇稚氣的語調一點也不搭。

「不會吧？老大最討厭別人抽菸了，當初在設計時就堅持不規畫吸菸室，連右棟的會議室那邊也一樣。」另一個戴著金色細框眼鏡的男生也是一臉詫異。

「嘿嘿，還是老大不讓人在公司抽菸，是為了讓大嫂戒菸？」

這幾個人湊在一起就講不出什麼正常的話，老是扯到許暘離身上。他們完全不是能夠勝過諸葛亮的三個臭皮匠，頂多就牛牽到北京還是牛，八卦腦補是天性。

「停停停，誰說我要抽菸了？」揉了揉眉心，我已經放棄糾正他們的稱呼。「可是，那你們所以真的都沒人有抽菸的習慣？」

完全出於好奇。畢竟菸癮不是一時半刻能改掉的，他們又是工作壓力大的行業，許暘離這麼專制的規定，居然沒有被抱怨。

「怎麼可能！找不到靈感的時候，我們也是很焦慮的。尼古丁就是我們邪惡的好朋友啊！不要說是我們了，來開會的客戶和廠商也有很多人是老菸槍。」

「老大就那個脾氣，沒人敢挑戰他的底線。他也算貼心啦，會準備口香糖，還買了克菸嚼錠。」

「你們這麼聽他的話？」

「喔，大嫂想讓我們內鬨嗎？」Webb 說幾句話就開始不正經，賊兮兮的伸出手指晃了兩下，像個痞子似的看著我。

「讓你們內鬨做什麼？我又不是吃飽撐著。」我很不優雅的翻了個白眼。說到吃飽撐著，我才想起我還沒晚餐。

逐漸習慣這樣歡樂的氣氛，他們的心直口快其實並不討人厭。

「老大的決定我們閉著眼睛也跟從！」

「好啦，不管老大的堅持是為了什麼，至少也對我們的健康有好處，只是過程比較痛苦啦。」

「老大也是花錢不手軟，不要看那小小一罐克菸錠，定價高得嚇人耶。就是吃起來味道不怎麼樣，不然再怎麼樣也要吃個夠本。」

有這種想法也太奇葩了吧，竟然說要吃克菸錠吃個夠本。

我忍不住掩嘴笑了。都成年人了，卻還經常表現出那種小男生的脾氣和任性，真拿他們沒轍。

我隨手將髮絲勾在耳後，隨口問了一句，「所以克菸錠有效？」

「難吃。」陶德撇了撇嘴，一副嫌惡的表情，然後又趕緊示意要我再替他倒點咖啡。

那就是沒效了，我再度笑了。

發現他們看向我，露出不明所以的疑惑眼神。不好意思說是被陶德的生動表情逗笑，我抿了抿嘴，克制臉上的笑意。

被盯得有點不自在。只不過笑了一下，有必要像觀察稀有動物一樣看我嗎？惱怒的奪過他們手中和小吧台上的杯子，抬起手揮了揮，要他們趕快走人。「散了散了，逮到一點時間就偷懶，明天沒有咖啡了。」

「喔……咦？不是吧大嫂！」

「大嫂妳怎麼翻臉不認人！」

我就是出名的翻臉比翻書快。

「難道是因為我們說克菸錠不好吃，大嫂生氣了？」

又有人嘟囔一句，「越來越有老闆娘架勢了。」

那句喃喃自語倒是被距離五步之遠的我聽見了。真的很無言，老闆娘個鬼啦！我才不是依附許暘離而生的菟絲花。

還有，克菸錠又不是我發明的，批評不批評干我什麼事，好沒營養的對話。

清理及歸位使用過的機器，細心沾濕了抹布擦拭桌面。我盯著許暘離的咖啡猶豫幾秒，喝那麼多咖啡，不怕胃痛嗎？

輕輕啐了一聲，轉身走向冰箱，拿出牛奶加熱。溫和的奶香飄散在空氣中，焦躁情緒也平靜了下來。

像是風溫柔過境，一晃而過吹起了漣漪，漾出一圈一圈綿延的規律靜好。

拿著一杯提神的咖啡和安定心神的牛奶，沒聽見腳步聲，我卻若有所察的稍稍移動目光看向小廚房外。

透過隔間牆上鑲嵌的玻璃，我一抬頭就看見他帥得不像話的臉。他走進小廚房，深邃的雙眼凝視著我。

剛要說話，他視線瞄向存放克菸錠的櫥櫃，沉穩的嗓音壓了下來。

「最近還抽菸？」

「咦？沒、沒有。」

不是吧，我只是隨口問了一句，他那群傳說中肝膽相照的兄弟們連這也要報告？他們是錦衣衛嗎？我覺得我好像時時刻刻被監視著。

許暘離哪裡值得那麼多人效忠，我低下頭不服氣地哼了哼。

細緻的妝容在舒適的暖黃燈光下一閃一滅，像是開啟時光倒轉的幻燈片，回憶起曾經疼痛壓抑的青春歲月。

高三那年被升學與芭蕾舞練習的雙重壓力夾攻，我像被兩塊大石頭重壓，傷痕累累。

我不敢告訴任何人，更不想坦承自己有多無能為力，甚至沒有對男朋友徐欣透露。

因為睡不好，臉上出現黑眼圈和浮腫的眼袋。原本如絲緞般的柔順黑髮也開始分岔。這些在疲倦和憔悴下產生的變化雖然很細微，卻足以擊垮我的信心。

蹲坐在空蕩得能盪起回音的舞蹈教室，抱著頭任由眼淚滴答掉落，我的啜泣聲成了靜謐空間裡唯一的聲響。

在夕陽落下的時刻，不知道有多少個日子，我躲在校園的一角泣不成聲。

於是，我學會了抽菸。

蹺了一天假日補習班的加強課，我換下沉重的制服，溜進速食店的廁所偷偷畫上煙燻妝，到街角的小超商買了幾包足以花掉我一星期零用錢的 Black Devil。

選這款菸並不是出於什麼專業的研究或偏愛，只因為它黑色的菸身透出一股詭譎的神祕感，太吸引我了。

那年，即將進入十八歲的我叛逆又驕傲，好像全世界都不懂我的憂愁，好像我是全世界最悲苦的人，總把幼稚的煩惱誤以為是長大成熟才有的心境。

停不下來的一根一根抽著，只希望能吐出胸口層疊繚繞的陰鬱。

直到高中畢業後也沒能戒掉。

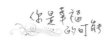

我一直以為，許暘離知道我偷偷抽菸是因為聞到我身上淡淡的涼菸氣味，心想這人的鼻子靈敏度跟警犬有得拚，經常和我膩在一起的徐欣反而沒察覺。

開始抽菸後，呼吸道變得很敏感，體力也變差了。季節性的過敏症狀發作得更加頻繁，感冒也總是難以快速痊癒。從前跳完一支舞還能和同學打滾幾圈玩鬧，到後來卻是冷汗直流浸濕了舞衣，面色慘白喘不過氣。

生理上尚未上癮，心理卻已經成癮到必須藉由吞雲吐霧來舒緩，習慣鼻息間和身上薄荷涼菸的清淡味道，離不開那份安寧。

大學時候玩得很凶，根本是脫韁野馬。在朋友群裡抽菸不是什麼大事，我還一度被冠上「冷豔黑天鵝」這樣的綽號。

我練舞生涯最大的成就，停在公演擔任演出黑天鵝的那一次。或許也因為我那時染了一頭深到像要滴出墨的黑長髮。

大學一年級下學期的某天，許暘離突然出現在宿舍門口攔住我，扯了我的手把我拖回房間。我還來不及疑惑男生怎麼可以進女生宿舍，一晃眼就被甩回書桌前。

「許暘離你幹什麼啊？」

眼睜睜見他翻開我的櫃子，將所有開封與未開封的菸盒都掃進垃圾袋包好打上死結，走到走廊，隨意拜託一位被他的帥臉迷得暈頭轉向的女生拿去丟掉。

為什麼沒有人質疑許暘離出現在女宿這個異常現象？

我一點都不想被誤會，要是被貼上許暘離某任女友的標籤，我就麻煩了。

「從今天開始戒菸。」

「不要，你憑什麼？」

開玩笑，戒菸要是這麼容易，還需要菸害防治法和戒菸中心嗎？

冷然的聲線像冰一般銳利，劃過我驕傲直起的背脊。我不服氣的推開他，許暘離眼中幽幽的怒氣更甚了。

「好，有種妳去把菸撿回來。」

「許暘離你有病啊，就算我真的要撿也撿不到好嗎，你請人家丟在宿舍後面的子母車，我還要借梯子才爬得進去。」

要那麼費事又狼狽，不如直接買新的就好。都是大人了，我不跟他計較，算我大量。

「讓開，幹麼在這對我發瘋，去找你女朋友啊，管我幹麼？」
「我要是回去告訴阿姨，妳覺得我能不能管妳？」
「許暘離你閒著想跟我吵架？之前都沒在管了，現在是做給誰看？還有，你是我的誰啊？」別害我被八卦就萬幸了。
眼神陡然一冷，他唇邊的笑意染著輕淺的嘲諷和一貫的惡意。這樣的他，既熟悉又無比陌生。
不想待在他的暴風圈內，即便是同個大學，系館也很近，我還是退避三舍。半年多的時間沒有任何交集，別人無意提起我和他是同一所高中時，我一概裝傻裝聾。
「我是妳的誰？」咬字清楚，一字一頓，他露出惡狠狠的微笑。「妳想讓全世界知道我是妳前男友的表哥？」
「機車耶，許暘離你……」
「不想出名，就把菸戒了。」
「你腦袋有問題是不是？有你這麼卑鄙的嗎？」我掄起拳頭就要往他身上打過去。許暘離對我會有什麼反應清楚到不行，他不費吹灰之力就抓住我的手腕，使力將我拉近，我能明顯感覺到他壓抑著怒火起伏的胸膛。

我還真沒見過他這麼生氣。

「我還可以更卑鄙，妳想不想試試？」

「我……」

抓著我的那隻手臂上，隱隱能看見泛起的青筋。我倔強的抬高下巴，痛得眼角擠出淚水。

許暘離抿緊了他的薄唇，世界似乎忽然寂靜，連風都止息，所有聲音都被隔絕了。

僵持的時間長得彷彿天長地久。

門外忽然響起成群的腳步聲，以及熟悉的喧鬧。一定是室友帶系上的同學回來了，要是看見許暘離在這……我切腹都不能聊表清白。

「放手。」我壓低了的聲音，咬牙切齒的說。

也許同樣聽見外面的動靜，許暘離表情一變，勾起嘴角笑得格外邪惡。透亮的眼裡暈滿計謀得逞的暢快。

他偏過頭，嗓音依舊不高不低。「戒不戒？」

去你的，許暘離是算計好的吧。

我原本氣焰滅了大半，只能惡狠狠瞪著他，但他顯然無關痛癢。

神經緊繃著注意鑰匙轉動的聲響，盯著他漫開的陰險笑容，我萬分不情願的吐出一個字，「戒。」

能不戒嗎？我要是再不順著他，他絕對有辦法讓我成為校園中的八卦頭條主角。

「怎麼燈沒關？誰回來了嗎？小廖……咦？」

完了。我急忙奮力推開許暘離，看見湧進的人潮，我心灰意冷的捂住眼睛。許暘離從容的拉了拉衣角，涼涼的接了一句，「妳這是在眼不見為淨？」

「許、許許許暘離！你怎麼在女宿？不對，你跟小廖……」

「我我我們是不是打擾你們了？你們、你們……」

打擾個鬼，我們看起來像是卿卿我我的一對嗎？

這真是人間慘劇。

猛一抬眼，就撞上他懷疑探究的視線。我一愣，「幹麼？你不信？大學的時候就沒什麼在抽菸了，你不是知道？」

「我在想。」

「什、什麼？」

「妳是不是痛定思痛，乖乖聽從我說的話了。」

他肯定也想起那次我不得不屈服而答應戒菸的慘烈場面。

我當時要是再不鬆口答應戒菸，他絕對不會和善的向室友們澄清他和我的關係，一定會毫不留情的讓我被流言纏身。

嫌棄的睨他一眼，我抿著嘴。「我為什麼非得跟你回憶起同樣的事情？」

「喔？因為我們是命運牽扯的十一年的緣分啊。」

「這種話真不適合從你嘴巴說出來，太噁心太違和了。」我起了一身雞皮疙瘩，許暘離一雙清亮的眼睛卻盛滿調侃人的愉悅。

浮現在他眼裡的直白坦率忽然變得鋒利，挖進我內心最深的角落。我胸口瞬間湧起莫名的羞惱。

「你不准跟我想起一樣的回憶！」否則，我會更加深刻認知到我們之間有多少羈絆牽扯。

他一愣，哭笑不得的伸手撥亂我柔軟的頭髮。「妳這不是強人所難嗎？」

扔下這句話，以及髮梢上屬於他的溫度，許暘離端著幾乎涼透的咖啡轉身就要離開。看著他的背影，我感到心裡澀澀的。

「至少在我回憶時你不可以回憶！喂，許暘離！」

能說是心電感應的默契嗎？不，是逼不得已。

遙遙傳來他隱含溫暖笑意的嗓音，直擊在心上，暖得不可思議。

好像全身的不安都被他擁抱。

「廖琹瑜妳好吵。」

「你忘了把牛奶拿走。」

握緊拳頭，修剪整齊乾淨的指甲抵在掌心。我咬緊了下唇，深深的呼吸。

不能，不能自亂了陣腳。

我一直以為抽菸是專屬我自己的小祕密。

沒有任何人能夠觸及我的這份脆弱與叛逆。在指間繚繞升起的煙霧被風拂散，口袋裡揣著的菸盒像能讓心情沉澱下來，有隱隱的不安惶然，也是莫名的舒坦。

高三快要畢業時，明明老早就從學聯會功成身退，檯面上是帶著一身光榮，檯面下是被許暘離指使的屈辱。

許暘離進了畢聯會，自己忙得蠟燭兩頭燒不說，還硬要拉著我去蹚渾水，沒名沒分的跟在他後頭瞎忙。

他根本自以為是什麼言情小說裡的總裁吧，身邊要有個能讓他使喚的小跟班。

這樣根本剝削了我跟男朋友最後能在同一個校園裡相處的時間嘛！

「廖栞瑜，拿我的皮夾到會辦來。」

「欸？我體育課……」

可惡，那個賤人又掛我電話。

狠狠瞪著手機螢幕變暗，回頭對上蔡蔡憐憫又好笑的目光，真的很火大，我為什麼要被他呼來喚去？

蔡蔡的本名是蔡淳蓊，是我的超級好朋友。我們從來不以閨密互稱，因為這位少女認為閨密是會相互搶男朋友的，不吉利。

「我不去。」

我咬牙切齒的宣示著，當下真的以為我能自己作主。

蔡蔡笑了笑，很沒氣質的啐我一口。「妳最好敢不去。」

我，我我我還真是不敢。

我怕在學校裡他又變換方式來整我，絕對不是惡人沒膽，我都想說他欺善怕惡了。

我哀怨的盯著見證我所有慘劇的蔡蔡，她非常沒有同學愛的聳聳肩，事不關己的把玩擦上精緻指甲油的手指。

「小廖，妳應該感到光榮的，全世界女生都想做的事，通通被妳佔盡了，妳有什麼好抱怨的？」

「光榮個鬼，我也是有男朋友的，誰愛做就讓他去啊，憑什麼我要一直跟在許暘離後面跑？」

「難道他真的喜歡妳？小男生不都是這樣逗自己喜歡的女孩子嗎？」自顧自編排劇情起來，蔡蔡摩挲著下巴。「哇，兄弟之爭啊，很有看頭。」

我大翻白眼。「根本是仗著我有男朋友，可以盡情利用，還不會影響他眾星拱月的身價。」

「嘖嘖，妳對他的偏見也太深了。」

「是事實才不是偏見。妳到底是站在哪一邊？」

「好好好，當然是站妳這邊。他哪根蔥啊，哪比得上我們的交情。」

狐疑地盯著她敷衍的神情，這女人有段時間鬼遮眼的迷上許暘離，實在讓人不得不疑心她是不是趁機把我給賣了。

「看什麼看？趕快把東西送去，慢了又要被精神虐待。還有，妳今天不是說要請半天假一起出去看電影，中午前要送假單，快點！」

她推我一把，提醒我下午的行程。早早確定就讀的學校就有這好處，走到哪都有風，還可以隨意請假。

但是想到必須先幫許暘離送皮夾，明媚的心情頓時都消失了。

許暘離個性裡最難以捉摸的是他的選擇性潔癖，我覺得那簡直是莫名其妙。他討厭別人穿他的衣服，某個時刻開始，他還討厭別人碰他皮夾，連徐欣也不可以。看他平常請客很大方，難道是皮夾裡隨時裝了很多錢怕被偷？

一邊在想他真看得起我，這麼相信我的品格，一面翻箱倒櫃，才終於在他扔在桌上的運動外套口袋裡找到。

人總是有點犯賤，越被告誡不可以做的事，越是想嘗試。攥在手裡的皮夾忽然變得像燙手山芋。

更似潘朵拉的盒子，一打開就是幻滅的開始。

用力搖了搖頭。哪那麼嚴重，看一眼，一眼就好，我只是好奇一個高中男生皮夾裡會放多少錢。

探頭小心翼翼看了看教室外絡繹不絕的過路學生，我蹲低身子，最後索性盤腿坐定冰涼的地板上。

一打開就看見一張照片。是昏暗燈光下的一個模糊身影，平直的抬起雙手，輕巧墊起腳尖，優雅而高傲的背影，打直的背脊像有一股光芒自信。

這是……我跳芭蕾的照片？

「這傢伙。」在許暘離的皮夾裡看到這張照片，我說不上來心裡是什麼感覺。

老實說我對自己起舞的身影不是很熟悉，從隱隱約約的輪廓勉強認出來，打量許久還是決定不要太臭美，許暘離根本就是個惡魔。

要是我拿著照片到他面前質問，被狠批偷看他皮夾就算了，一定又會被嘲弄「妳這人臉皮是有多厚」、「只有我表弟那眼光才看得上妳」之類的。

太滅自己威風，絕對不行。

倏地俐落闔上，下一瞬間又懊惱的拍了自己的額頭，說好要偷看皮夾裡有多少錢，結果注意力完全被那張相片吸走。

再一次翻開，置放鈔票的兩層夾層之一竟珍視的藏了另一張照片，甚至用了一個小封口袋裝著。

按捺不住萌芽且迅速生長的好奇心，手起手落抽出來，定睛一看，心底閃過強烈的驚愕，像被什麼狠狠擊中，痛得握不住輕盈的真相，落在盤起的腿上。

複雜難辨的情緒，逐漸染遍我全身。

同樣光線昏暗的場景，身著白色舞裙的背影有不食人間煙火味道的寂寥。

零散的碎髮被汗水打濕，貼著線條分明的側臉，照片裡的人一隻手撐著額頭，另一隻手的指間夾著一支黑色的菸。

一旁的地板上還隨意丟散著燃盡的菸蒂，姿態冷傲得徹底，輕狂而不羈，卻恍若展現了骨子裡的倔強。

他是這樣看我的？在舞蹈室門口看我？

我帶著很矯情的落寞，躲起來舔舐傷口，我以為沒有人知道。

被許暘離這預期之外的人得知，我胸前填滿苦澀與慌亂。我希望徐欣發現，也想過家人會察覺，可從來沒有想過被許暘離觸到我隱藏的內心。

那種靠近讓人很不痛快。我以後要怎麼面對他？

他會認為我是自以為這樣很帥，還是會覺得我就是個屁孩？

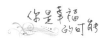

不管是哪一種，我都不能接受。

他怎麼會懂，高高在上的他怎麼能理解，在我人生裡佔了最大分量的事情，外人看起來光彩，我卻疲憊得再也負載不了，心裡最初的熱愛摻雜了過多的壓力，再也不純粹了。

我忽然感到怒不可遏，用力攥著許暘離的外套，深深呼吸。很想抽菸，很想很想丟掉這些無力。

許暘離到底想做什麼？

拍下來還洗成照片存放，想要去向老師告發我還是威脅我什麼？

「去你的。」

我跟他絕對生來就犯沖。腦袋一片混亂，無法理性思考，頹然的將照片塞回去。

嗯，要不動聲色，敵不動，我不動。

清脆的風鈴聲響起，我不經意的抬了眼，視線內竄進了熟悉的親和面容。

乾淨蓬鬆的頭髮是深褐色的，模樣溫柔又帥氣，雁誠從容不迫的抬手瞧了手腕上的錶，舉手投足間都是與眾不同的高貴，音樂家就是不一樣啊。

他的視線沒有猶豫飄移，直直往吧台看了過來，居然莫名有眾裡尋他千百度的神情，和暖的微笑與溫文儒雅的氣質渾然天成，我忍不住也朝他笑。

看著他穿過廊道和賓客人群，踏著舒緩的步伐走近。

「生意看起來不錯。」他笑著點頭致意。

「當然，可是這還不是最高峰的時候，你再晚點來就要排隊了。」

「我就是刻意挑人不多的時間來的。」這句話乍聽沒什麼不對勁，只是他眼底的愉悅異常明顯，在店裡的燈光下一閃一滅。

雁誠轉了轉錶帶，像是一個小習慣，又像下意識透過這個動作排解心裡的緊張無措。優雅的人就是全身上下到死都優雅，要是許暘離，只有嘴毒的本事會變本加厲，簡直是雲泥之別。

都是那張臉，讓所有人忽略他爛得一塌糊塗的個性和脾氣。嗯？怎麼總是想起他？儘管是埋怨，可是他在腦子裡出現的頻率也太高了吧！

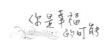

「是 Yuna 姊認識的人嗎？那就用不著我了吧，撤退囉。」

「妳這小鬼。」

Stella 留下一份菜單，腳步輕快的跑進廚房支援。看她那快咧到耳邊的嘴角，肯定是要去跟 Jim 交換八卦。

我的員工怎麼都這麼三姑六婆。

「你們家店員還滿會看臉色的嘛。」

「什麼？」

這話題會不會跳得太遠了？

他低頭翻閱菜單，抿唇的輕淺笑容十分好看。半晌，雁誠才又偏過頭說：「說她聰明。」

「這樣看一眼你就知道了？」不以為然的嗤笑，我瞇起眼睛。

他一味溫和的笑著，沒打算再多解釋什麼，這音樂人多高深莫測啊。

「今天怎麼突然過來了？」

「期待要見面期待了一個星期，結果前一天突然取消，心裡總覺得有點介意，所以就來了。」

整段話說得很繞，他眼波流轉間的真誠卻很直率。我忽然目光一縮，撓了撓頭，竟然有幾分羞澀。

「臨時改時間……」

「開個玩笑，別介意。」忽地打斷我的歉意，他盯著菜單沒有抬頭，嗓音平穩，「就是想看看妳緊張的樣子。」

我一愣，雁誠的眼神緩緩從一直專注研究的菜單上移開，停在我臉上，笑得乾淨。

「得到的結論是，妳還是自在的笑著比較可愛。」

「雁、雁誠，你真是個天使，我幾百年沒被這樣稱讚了。」

只差沒有雙手握住他涕泗縱橫了。

實際上心跳如雷，越是直接的言語或表情，越讓我心虛惶恐。雁誠不會是想追我吧？

這速度比火箭還快啊。

不對，難得是和許暘離的生活圈一點關係都沒有的優質男人，我為什麼要猶豫？蔡蔡要是知道了，一定會搖旗吶喊「衝一波了啊」。

那點遲疑，逐漸在心裡放大到無法忽視，好像有什麼要破土而出，讓我心慌到要撐不住禮貌的笑。

似乎對我的回應有些意外，雁誠怔了片刻，溫潤的眼裡隨即漾開寵溺和包容的神情。

不能再看他眼睛了，我道行太淺，這簡直是重出江湖的懾心術吧。

「Yuna 姊，妳別見死不救啊！」

迅速看向求救聲音的來源，前一秒還痞痞的笑著，看見我的注意，Jim 馬上苦笑了一下，眨眨眼睛。

一陣惡寒，這小子不好好讀書，成語亂用就算了，還越來越流裡流氣了。

狠狠瞪他一眼，環視店內，頓時嚇到了。不知道何時突然座無虛席，不久前還空著的桌位，被一群身著西裝的男生佔據，粗略估算差不多有二十人吧。

要談什麼牽一髮動全身的重大會議嗎？店裡蓬蓽生輝啊。

「Yuna 妳去忙吧。我坐一下就走，不用特別招待我了。」

「可是……」

「那妳說說店裡什麼東西是由妳親手準備的，我就點那個吧。」

我有點汗顏，「只有咖啡。」

最打擊人的是，他一點也不驚訝或意外，修長的手指輕輕敲了桌面，最後在菜單上指了他要喝的咖啡。

難道我一臉寫著我是廚藝白痴嗎？

「知道了，稍等一下。」

本來要請客的，這麼輕易被看穿讓我有點惱羞，順便介紹他點了最貴的塔蛋糕，心滿意足的抬高了下巴，輕快的旋身走回工作區。

風鈴聲止息後，店裡總算只剩下兩三對情侶和幾個獨自的看書的人。趁著空檔，抽出雁誠離開前壓在咖啡杯下頭的紙條。和他文弱的外型不同，筆跡十分剛毅，每個頓點折點都十分有力。

他寫了：咖啡很好。

嗯，當然很好，我親自煮的啊。

揚著驕傲自滿的微笑，正要把紙條重新摺好，不經意發現另一面的小字：能見到Yuna 也很好。

這……這這這！

驚恐得眨了眨眼睛，按了兩下隱隱抽疼的太陽穴。比起被搭訕的歡天喜地，更多的是受寵若驚，還有難以言表的不自在和困擾。

怎麼是這種心情，難不成真要孤老終身嗎？

皺了皺鼻子，燙手山芋似的甩了甩筆墨間輕描淡寫的曖昧表示，想起他的出眾氣質，我這麼野蠻又懶散，不可能吧。

肯定是雁誠故意跟我開玩笑。

做足了心理建設，臉上重新掛上自信明媚的笑容。隨手將紙條揉一揉塞進口袋，自尋煩惱一點也不像我。

這時，連接到許暘離來電我都好聲好氣的。他顯然被我反常的友善態度嚇到。畢竟我平常不是裝死不接電話或不讀不回訊息，就算接了電話，態度也不會太好。

「廖琹瑜妳吃錯藥？」

「你才沒吃藥，我要掛電話了。」

這人果然是嘴裡吐不出象牙。

他沒打算追究這件事，轉而換了其他話題，沉穩的嗓音中居然有隱隱的笑意。

「剛走一批人吧？忙完有空發呆了？」

「哇，你怎麼知道走了一批西裝人？嚇死我了，差點以為是表面上來談生意，實際上搶地盤的黑道，幸好就是吃個午餐就摸摸鼻子離開了。」

電話那頭忽然沉默了。

喂，你就算不相信也不能又掛我電話啊。把手機拿到眼前檢查通話訊號，明明還是通話中啊。

「許暘離，你幹麼不說話？」

「妳怎麼能聯想那麼遠去？黑道？」顫抖的語調分明在忍著不笑出來，好好好，就是想說我腦袋不知道在想什麼對吧。

瞇了瞇眼睛，聽見他罕見的真心笑聲，即便我能想像他覺得我有多可笑，但是卻莫名的無法對他生氣。

「那你說是怎樣？」

「那些人是開發部的同事，還有幾個是會計部的，妳覺得是怎麼樣？」

還能是怎麼樣？

「許暘離你太幼稚了。」好不容易才吐出這麼一句薄弱的指控。

「我是怕有人被美色所迷，忘了工作，這可是立意良善。」

「良善個鬼，我就說怎麼每個人都點咖啡，視線還一直瞄過來，還以為我哪裡得罪他們了，結果是你派來的間諜！不對，你是想賺錢想瘋了？」

連同事的薪水也不放過，可見許暘離最近加班加到怨念深似海。

「作為無私親民的總監，當然要偶爾讓他們享受有限午茶時光；作為腦袋清楚的投資者，當然要推薦他們到一九一一；再作為十一年共患難的好友，當然不能讓妳清閒享福，全部的人都必須點咖啡。」

鬼扯，都是鬼扯，我氣結。「你還真能算計。」

「過獎，我向來這麼深謀遠慮。」

「是向來這麼無恥。」

「妳今天煮了什麼咖啡給那個彈鋼琴的傢伙，等一下也幫我帶一樣的過來。」

「不要啦，還要拿保溫杯從店裡帶過去。我到你工作室再煮咖啡就好啊。」

「我就是要喝他今天喝的。」完全是泰山崩於前仍不改其色的鎮定從容，用著無比任性的語氣堅持著沒有道理的要求。

我暗暗磨了磨牙，要是有天失手錯殺他絕對是潛意識所致。儘管如此，還是認命打開了剛收起的咖啡豆，覺得太麻煩了，懶得再用法式壓濾壺，偷懶的選了簡便的沖煮方法，反正他不是專家，也喝不出差異。

「你怎麼突然想喝深焙咖啡？之前不是嫌苦嗎？」

「嗯，所以妳多加點糖。」

「許暘離你有病，要這樣不如喝別的。」我手一頓，氣得差點摔了手機。

「我不管。」

「今天是兒童節嗎？為什麼我覺得你今天特別幼稚？」

詭異的是，他這樣無理耍賴的言語，落在心上竟是甜甜的、美美的。

我用力搖了搖頭。肯定是許暘離最近特別奇怪，我也連帶不太正常了。

「不加糖可以，多帶一份青檸塔和抹茶磅蛋糕過來。」

「還真是非常感謝你的妥協。」每個字都流露忿恨的情緒，我大翻白眼，絲毫不帶誠意的聊表感激。

驀地靈光一閃，我瞇了瞇閃過凶光的眼睛，沉著陰惻惻的聲音。「你怎麼知道雁誠來過，還知道他點了什麼？」

許暘離要是有骨氣不需要我送晚餐，一定會反問一句「妳說呢」，不過，看來吃飯皇帝大，他瞬間結束了通話。

忘了指控他又一聲不響掛我電話，捏緊拳頭，我緩慢的轉身，勾起如沐春風的微笑，一旁的 Stella 看我這樣，打了個冷顫。

「裴宇信你又出賣我！」

「媽呀！Yuna 姊，妳什麼時候記起我的中文名字了？」

暫時離開熟悉又一成不變的活動範圍，週末下午刻意與蔡蔡約在離店有一段距離的甜點店。一陣子沒見，肯定又要聊個不停了。

高中時她也和我一樣加入了學聯會，蔡蔡是在高一學聯會面試甄選被我擊敗的對手，她沒有被選進公關組的原因絕對不是能力比我差，而是她當著公關組長的面非常「委婉」的說他長得沒有總務組長好看，只差沒說「你比較醜」了。

照理來說，在分組的面試時沒被選上，高中三年應該從此跟學聯會絕緣了。畢竟規定只能報名一組，而且高二增額再招的機率很小。不管如何，依然證明規定是用來打破的。

蔡蔡最後在事務組混得如魚得水。

「上帝關了我一扇門，也會替我再開一扇窗。」蔡蔡當時可得意了。

她說進學聯會只是為了大學甄選時備審資料的加分，她沒興趣為廣大同學無怨無悔的服務。

「我要抹茶拿鐵。」

「我還不知道妳嗎？幫妳點好了，還有巧克力伯爵塔跟藍莓塔。」

「就知道妳懂我。」

蔡蔡毫不客氣的拍拍起雞皮疙瘩的手臂，臉上是極度嫌棄的表情。「呿，少噁心。想騙我買單是吧？」

蔡蔡是自己人，這點小把戲就算被看穿我也無所謂。我討好的眨了眨眼睛，盛滿陽光燦爛，免費的食物就是怎麼吃怎麼香，我樂此不疲。

「都自己當老闆還這麼小氣，說出去真的沒人相信。」

「吃一頓飯可以有人請客，我就能有力氣應付許暘離的茶毒啊。」連忙捧著熱騰騰的拿鐵啜飲一口，嘿，沒有我們店裡的好喝。

「點吧點吧，再加點啊，就憑妳食量還吃不垮我的。」蔡蔡泰然自若地拿起吸油面紙和小化妝鏡打理妝容。

才聽她鬆口，深怕她反悔悔，我馬上揮手招來服務生，迅速點餐：桑莓巧克力塔、玫瑰白巧塔、蘋果抹茶泡芙、櫻桃栗子泡芙，再一杯抹茶拿鐵。

蔡蔡手下動作鎮定無比，卻緊抿著嘴角，直到補好妝，才又指著我鼻子罵起來。

「妳什麼時候變得這麼能吃了？被許暘離養壞了是不是？」心疼的抓過剛放上桌角的帳單，蔡蔡瞠目結舌。

「干許暘離什麼事，怎麼連妳也三句話不離他。我只是昨天追劇追得有一點晚，睡過頭了，醒來用盡全身力氣盡快趕到這裡，所以很餓。」

「妳所謂的趕到這裡，八成是叫許暘離開車送妳來吧。」蔡蔡說著這句話，還搭上非常不屑的眼神。

「這也能猜到，蔡蔡妳技能絕對滿點，很強大。」

她絕對是認定我身邊就他這個男人。想想實在有點悲涼，只好默默啃了啃藍莓塔，酸甜的滋味超銷魂，我忍不住就瞇眼衝著蔡蔡傻笑。

真他媽的好吃。

「說到許暘離，妳不是說最近都和他的生活綁一起？」

我邊吃邊口齒不清的抱怨。「誰知道他大爺哪根筋接錯了，我現在是閉上眼睛好像也能看到他，比恐怖片的威力還強大。」

「他這是幹什麼?你們什麼時候變成一日不見如隔三秋的關係了?」

「我同樣很疑惑,可是我也無解,八成是在空窗期,沒女朋友太閒了。」

「那也用不著一直煩妳吧,妳不是說他把妳當兄弟?」

「呃,更多時候是下屬。」

蔡蔡挑了挑畫得濃疏合宜的眉毛,往後倒進沙發裡,不再置喙。

看著她的模樣我有些不服氣,我這輩子是不是不可能擺脫他了?

「大概是忘不了學聯會時叱吒風雲的日子,他那時候簡直比會長還出風頭。而且在那個年紀,靠臉就能吃遍天下,哪個學妹不追著他跑?哪個學姊不來獻殷勤的?」這話就說得不精準了,不管哪個年紀,許暘離的臉都是挺有用的。

「我那時候也算是追在他身後跑吧。」明明是非自願,還是被權勢壓迫的,可是都沒人相信,我多想到司令台上大吼我有男朋友。

被我提醒,蔡蔡恍然後又煞有介事的搖頭。「喔是耶,可是你們那是主人跟狗,不能相提並論。」

「妳是想說忠犬小八還是靈犬萊西吧。」

「你們當時朝夕相處，學聯會共事兩年，高三那年妳不時還要去畢聯會支援……妳就沒有……」

她一臉怪表情，絕對是在想些有的沒的。我一股氣上來，嗆咳得差點浪費滿滿一口的拿鐵。最萬幸的是沒毀了蔡蔡的妝，不然她肯定直接踩著她十公分高跟鞋走人，把帳單甩在我臉上。

順了順氣，該糾正的還是必須糾正。

「妳不要胡說，我高中時對徐欣是很專情的。」

有一句話怎麼說的，一片冰心在玉壺？

「好，不說妳有男朋友的高中三年，還有許暘離一直女朋友不斷，那又怎樣？至少我敢說，要是妳和他任何一任女朋友掉進水裡，他絕對會先救妳！」

蔡蔡，妳哪裡來的自信？

妳這樣害我以後去海邊玩都很有恃無恐啊。

「那個，蔡蔡。」

「喔，我想起妳會游泳。」

我對她過多的信心不以為然，迅速消滅了兩份泡芙，又拿起溫熱的拿鐵，握著暖暖的杯身，心安了幾分。

「不要說這種假設的問題，妳幫我想一想，他為什麼放一堆眼線在我身邊？」

「怕妳紅杏出牆啊。」

我白她一眼，不會用成語就不要用，我和許暘離的關係哪能這樣形容。

最近一方面被許暘離他工作室的同事們左一句「大嫂」右一句「大嫂」，一方面還被 Jim 倒戈，甚至是全咖啡廳人的曖昧眼神，現在又多一個來亂的。

明明都是身邊親近的人，怎麼老愛點些不切實際的鴛鴦譜。

「不說許暘離了，我都特地跑遠了，話題還離不開他，陰魂不散。」憤憤的飲盡最後一口，完全是把抹茶拿鐵當德國啤酒喝的氣勢。

「之前聊天說到他的時候，妳也不會這麼反感吧。」

「是嗎？」搔了搔臉頰。「可能一天到晚見面，越覺得他是個世紀大惡魔。」還是讓我永世不得翻身的那種。

越跟他相處越覺得煩人，那種幾乎克制不住情緒的擾動很讓人心慌。

「換妳說說妳的事吧，如果有什麼新鮮話題更好。」

蔡蔡皮笑肉不笑。「讓妳失望了，我們老夫老妻了，雖然吵吵鬧鬧的，也是床頭吵床尾和。至於工作嘛，過得去就好啦，有男人背後撐腰，我倒不怕。」

「有未婚夫的人很討厭，把未婚夫拿來炫耀的人更可恥。」

老實說，我一開始不看好蔡蔡和她男友的發展，他們是網遊認識的，可是畢竟現實跟網戀總有差距，我怕蔡蔡受傷。沒想到不知不覺也三年過去了。

「有本事妳也弄一個未婚夫出來，就不用眼紅啦。」

果然是江山易改本性難移，不管過了多少年，長了多少年歲，蔡蔡這一得意就翹起尾巴的個性是改不了了。

努了努嘴巴，不敢苟同。「未婚夫要是好找，就沒有那麼多敗犬剩女了。幸好我今年才二十五歲。」

「真是不好意思，二十五歲的女人四捨五入就是三十了。」

算妳狠。

見我乖乖認輸吃癟，蔡蔡心滿意足的住口，用她上著黑色指甲油的手指拈了馬卡龍吃著。她看著我，表情好像有一點點擔憂。

「總而言之，妳不要說妳還想著徐欣就好。」

瞄了她惡狠的臉孔一眼，我嗤笑，怎麼可能。

難道，很容易讓人誤會我是因為徐欣才一直單身的嗎？

君問歸期未有期。就算能有再相逢的那天，我也等不起。

獨自等著愛情慢慢在時光中淡去，比什麼都淒涼。

我們再也不嚮往十七、八歲的熱血浪漫。曾經用盡力氣相愛，彷彿天真的以為這樣就能永不分離。

春去冬來，花開花落，多少年頭，我們都各自在沒有彼此的未來前行著。愛情再也不是唯一，懷念或許偶爾會掀起強烈的憂傷，但曾幾何時，已經不再心痛。

遺忘太難，也許早已不是愛，而是入骨成為生活的一部分。不論是好是壞，回憶起來，只剩感懷。

我沒有說話，像是忽然啞了聲，穩當捧著咖啡杯的雙手一顫。

這小動作沒逃過蔡蔡銳利的眼睛，她眼神鋒利得像要在我身上鑿出一個洞。

她拍拍手上沾染的糖霜，臉色很難看，視線直直盯著我，「小廖妳開玩笑的吧？真的還在等他？」

此刻彷彿公審的場景我居然想笑，也真的笑了。

我說沒等他就是沒等他，怎麼沒人相信？把我塑造得這麼忠貞不二我也是有點不敢當。

搔了搔臉，對於自己究竟要再表明立場多少次才會有人相信，我實在沒把握。

❀

最初的交集，像炎炎夏日襲來一縷沁涼的風，將所有情感的萌芽溫柔擁抱。

「徐欣，你幹麼偷拍我的照片啦？」

聽見門把喀地轉動，我回身拿起他的手機晃了晃，看他走近的腳步停頓了一會，笑咪咪的使勁伸手抓住他的手，歪過頭仔細瞧著他，白皙的耳根染上可愛的粉紅。

他低咳了一聲，想避開我調侃的打量。不成只好劈手要奪回手機，我輕巧避過，一頭撲進他懷裡，感受他頃刻僵硬的身子，故意更用力的攬住他沒有絲毫贅肉的腰身，忍不住就笑了。

他似乎愣了一下，最後將手放在我的雙肩上，乾淨的下顎抵著我的頭，輕輕的笑聲全是莫可奈何與縱容。

畫面上我散著一頭墨色如緞的長髮，懶散又痞氣的盤腿坐在直立式風扇前，任由劉海狼狽飛揚，疲倦的側臉還閃著淋漓的痛快。

再遙想那是我翹了高一似乎很重要的始業式，躲進舞蹈教室，果然趁新訓事先向老師騙得了鑰匙是明智之舉，老早打好備份揣在口袋裡。

排演一次就累得沒勁，我摸著扁了的肚子，沒骨頭似的倒向地板，視界內卻意外出現一雙腿，驚得我差點失聲尖叫。

最後以一聲俐落的「靠」展現我的禮貌。

「你……哪位？」

「高一八，徐欣。」

喔喔喔喔，我也是高一八，可他怎麼會出現在這裡？不會是來巡察，然後打算要去老師面前嚼舌根的吧。

懷著惴惴不安的心，我瞄了他幾眼。白淨清冷的面容，有七分稚氣三分順眼的帥氣，深黑的頭髮略短，清瘦的身板卻有股不可親近的氣勢。

「你……」

「妳是才藝生廖琹瑜？」

「你知道我？」這就讓人鎮定不起來了。

「我們同班，剛剛的半小時班會，班導有介紹妳。」

哀嚎的捂住臉，失策失策，班導這突如其來的一手狠狠給我打臉，我一點都不想出名啊。

還被抓包班會時間不在，毀了。

儘管如此，卻是有一點額外小心思，想著他不只面癱，連聲音都沒什麼起伏和抑揚頓挫，白浪費一副好嗓子。

該不會是嫌我屁孩吧，太傷害我自尊心了。

他沒再試圖說些什麼，甚至有些踟躕，往前又跨了一步伐，我愣愣的看著他，不明所以。

「給妳。」

彷彿耗盡所有勇氣，平板卻舒暢的聲線滿是猶豫，徐欣伸長了手臂，遞過來一瓶巧克力口味的保久乳，大概是在樓下販賣機投幣的。

明明是那麼廉價又輕盈的東西，我莫名心失了序的怦跳，恍惚的接過，低著頭不堪臉頰浮起的燥熱。

太丟人了——我怎麼好像害羞了。

「謝謝。」呢喃的輕聲散入和暖的空氣中。

下學期在一起之後，我好幾度扯著他逼問，「你對我一見鍾情對不對？」、「一定是吧，一見鍾情？」徐欣總是敷衍的摸摸我的頭簡單帶過。

他肯定是羞於承認了，可看在他當時把早餐的牛奶給我，我決定單方面的自我理解他。

高二寒假的芭蕾舞甄選，我落選了白天鵝，躲開父母跑到森林公園晃著鞦韆，徐欣第一個找到了我。

「黑天鵝也很好。」他實在不會安慰人。

明明應該是溫暖貼心的寬慰，卻被他說得平板，沒有絲毫抑揚頓挫，沒有過多音調的起承轉合。

當時青澀年輕的愛情，就是真誠傻氣得連他呆萌的面癱都喜歡得緊，自己能抱怨他的死魚臉，卻不允許別人說他任何一句不是。

我只對著他使性子，這是連老爸都沒有的「親暱」待遇。

「你怎麼會懂！所有芭蕾舞者的夢想都是白天鵝。」

其實此刻落選消息還沒怎麼讓我傷心，僅有辜負母親的歉疚念頭，而且，因為有他在身邊。

最難過的時刻他在身邊，那就夠了。

我說出來的話還是不討喜，喜歡看徐欣無可奈何的寵溺，喜歡看徐欣手足無措的哄騙，好像，只要是他的一切都是好的。

看著他欲言又止，耳根又熟悉的竄紅，我大覺奇怪，「你幹麼？」

稍稍放開我，徐欣從口袋掏出一張皺巴巴的紙條，態度格外認真又有點難以形容的侷促，他將紙條緩緩攤開，放進我掌心。

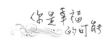

——妳能當我生命裡的女主角。

一怔，捏緊了他的這份真心，居然掉下眼淚。

他說不出口的承諾，筆墨描寫他的真誠，我們或許不懂怎麼不傷害彼此的相愛，卻是一直努力要給對方幸福與勇氣。

所以，一直以來放棄不了白天鵝的執念。

不單因為母親多年的期許與盼望，更多的，竟然是因為展演巡迴的其中一站是西班牙。

十八歲體會分離且失戀的廖栞瑜沒有掉下一滴眼淚。是越到後來的日子才明白自己的執拗是為什麼。

徐欣，我不會等你。

可是我想……帶著一身驕傲親自去見你。

掐緊了掌心，在朦朧回憶中破出一點釋然與堅定，我輕緩道出始終沒人相信的事，「蔡蔡，我不忘記他，可是我已經放下。」

因為，二十一歲的廖琹瑜，二十一歲的我。

是直到那天、直到我為許暘離摔壞了腿，我終於明白，我已經放下徐欣你了。

再美的愛情都會被時空與空間風化，溫柔緩慢而殘忍確實。

那時候，許暘離這三個字風靡了我們就讀的那所大學。

在校期間，女生看到他總是趨之若鶩，愛看漫畫的人會視他為書中的男主角，愛看韓劇的人，會說他像宋仲基或李源根，都沒有人能看看殘忍的現實。

他根本、絕對是個禍害。

男生們對他評價則是好壞參半，他的存在對太多單身男孩造成威脅。再說，已經有男朋友的女生也有不少人愛慕他。

反正，光芒萬丈與目中無人就是許暘離的代名詞。他沒有死於情殺，大概是上輩子燒了好香。

「廖琹瑜，幫我買理工二館的巧克力牛奶。」

看，又在使喚我了。

把玩著手裡的鑰匙，我咬了牙，在心裡給自己打氣，這次要和這惡魔抗衡，「藝術學院樓下就有販賣機，你自己去投。」

「妳叫我喝販賣機的保久乳？」

「不行嗎？不是有巧克力口味的？我記得還有蘋果牛奶還是果汁牛奶吧。」

便宜又方便，幹麼還硬要我跑一趟。

清冷的聲息依舊帶著一貫輕佻的笑意，但收起了疏離，一點也不知道什麼是客氣和禮貌。

「我要喝熱的。」

「你簡直比我還女人，你生理期啊？」儘管在電話另一頭，我還是忍不住狠狠翻了白眼。

「廖琹瑜，妳是不是不想要那款限量的ＣＫ香水了？」

不疾不徐的語調溫和平靜，但是我仍然聽出了殺氣和邪惡。去他的許暘離他拿我的生日禮物威脅我！

好不容易能從他手裡拗到一個窮大學生很難輕易買得起的東西，怎麼能放棄。

熟練地反覆深呼吸，我換上非常狗腿又討好的聲音，甜得自己都要反胃，「大爺，我就是你的貼心暖暖包，巧克力牛奶算什麼，要我再幫你買個抹茶塔都沒問題。」

「抹茶塔是妳自己想吃吧。」

「是，所以，就等你開口答應讓我報帳。」

「妳到底是多窮？現在明明才月初。」沉默了半晌時間，許暘離才無奈的這樣說，我甚至能想像他揉著眉角的模樣。

「我這叫節儉。」說到這我就義正詞嚴，再怎麼樣我也付出了勞力。

「所以就花我的、吃我的？」嘲笑意味濃重的聲音像從耳朵震盪進胸口，有幾分毛骨悚然也有幾分不尋常的曖昧，引得我心底一熱，一陣怦然。

言外之意是要包養我？不不，這肯定是錯覺。

明明這是藝術設計相關科系的傳說，我可是枯燥無味的會計系。

太認真思考這問題，還來不及回應他，回過神，就聽見電話彼端高聲叫喚他的雀躍聲音。我「嘖」了一聲，許暘離就是片刻也清閒不了。

「好好好，你忙你的，我去跑腿。送老地方？」轉了鞋尖的方向，我默默拿起宿舍鑰匙。

「再到宿舍幫我拿設計稿，騎我的車拿到我系辦。」

頓時腳一滑，我瞠目結舌，無恥果然沒有底限。

他似乎預料到我的反應，搶在我問候他祖宗之前氣定神閒開口，「妳星期三下午完全沒課，通常妳一定是回宿舍窩著，沒算錯的話，妳大概已經在床上，或是剛到宿舍。」

「你可以再接一句真相只有一個。」

聽他清越好聽到天理難容的笑聲，我實在氣悶。

我的行動完全在他掌握中，我已經很難翻身，只能不斷提醒自己是受阿姨之託，才會那麼濫好人照料他的飲食。

「妳就往隔壁棟男宿去，門應該沒鎖，要是鎖了就敲門，阿鉉會在。」

嗤笑了一聲，廢話不多說立刻結束通話，邁了步伐就出發。多數大學女宿會規定男賓止步，而男宿不成文的傳統是女生亂入。

反正我在許暘離室友們眼裡是男人一般的存在。

奇怪的是，遠遠就瞧見房門敞開，裡頭卻沒有開燈。不是吧，沒聽說大學宿舍會有小偷出沒的。

正疑惑著，腳步不自覺快了起來，幾秒間就到了門前。沒想到，恰好被奪門而出的陌生男子撞個正著，我的背狠狠撞上磁磚牆壁，手背也因為在門框邊緣磨擦了一下，又紅又痛的。

「你！」

男生一陣逃命似的低頭奔走，倉皇的背影行跡可疑。我眼尖瞄到他攢在手裡的四開畫紙，雖然他很快的就收進懷中揣著，還是被我看見了。

怎麼覺得有點眼熟……

一個可怕的念頭猛然閃過，拔腿奔進宿舍內許暘離的書桌前，整理得一絲不苟，滿滿畫具與工具，上舖床位棉被也是摺得整整齊齊的擱在角落。可是……沒有，到處都沒有。

靠！那個人不會是專門偷設計稿的吧？

思考間，身體已經開始行動。朝著陌生男人奔跑的方向追趕，直到看見走廊尾端那個鬼祟的身影才稍微放心。我掏出手機按了快速鍵。

「見鬼，妳到了？」

「你才見鬼。這不是重點，我問你，你說的設計稿是不是確定放桌上？」

「對，妳沒看見？」

簡略解釋了情況，我有點喘不過氣，「反正我會追上他，先掛電話了，」一邊講電話一邊跑，好累。」

「廖琹瑜妳……」

還沒聽見他後面要說什麼，我已經按下結束通話，完了，八成又要被他碎唸。

要是我拿回珍貴的設計稿，他就必須三跪九叩感激我，不准他又嘴賤罵我。光是想像，我嘴角忍不住上揚，也更使勁的加速追趕。

大概是察覺到有人彷彿背後靈般在跟蹤，那個人頓住前一秒還沒命快走的雙腳，倏地停在階梯前。我急忙趕上，停在他背後，總算鬆了一口氣。剛才跑了這麼長一段路真的好喘，我手扠著腰不停喘氣，汗如雨下，把額前的頭髮都打濕了。

再跑下去，我都要把肺喘出來了。

他這是要懸崖勒馬、回頭是岸？

「妳跟著我幹麼？」

沒打算客氣，我翻了個白眼。累到氣虛，乾咳幾聲，「我才要問你拿許暘離的設計稿要幹麼？想要抄襲別人的創意嗎？我告訴你，抄襲是沒有前途的。」

「誰稀罕他的東西了！」

「不稀罕你幹麼偷？想墊便當就去收集廣告單啊。把圖給我，一直跑一直跑累死我了。」

定睛一看，這男生濃眉大眼的，五官生得很有英氣，全身散發著運動員的陽光氣息。

「許暘離是因為妳才和菁菁分手？」他高高挑起眉毛，表情很鄙夷。

他居然搶先開了口。喂，我都沒嫌棄你跟黑炭有拚的膚色和偷竊行為咧！真是開眼界了。不過進入理性爭論前還有事情要釐清。

「菁菁是誰？」

他一愣，顯得我的無知好想很罪該萬死，「許暘離那小子的前女友。」

喔，前女友，非常可信的說法。我傻傻的頷首，表達理解與憐憫。

「那跟你有什麼關係？還有，跟你偷許暘離的設計圖又有什麼關係？」

「廢話！當然跟我有關係！菁菁是我……」緊急煞住未完的語句，他惡狠狠瞪了過來。我眉心一跳，隱隱還覺得可惜。

八卦什麼的，向來是生活的養分。

掩飾不住煩躁的心情，我朝他伸出手，「不說拉倒，把圖給我，我們好分道揚鑣。」

他停頓了一下才回應我，「妳要我就給妳，那我還拿它幹麼。」

我比他更無奈，被熱氣熏得頭昏，撩起披肩的長髮散熱，內心哀嚎著汗水流了滿臉，妝肯定都花了。

「你煩不煩，是男人就去找許暘離單挑，反正你一定贏的啊。」許暘離的體育成績向來不是很好，以這男生的體格絕對能把他揍得鼻青臉腫。

他盯著我許久，時間好想過了一世紀那麼長。我窘迫的摸摸臉頰，不過是妝花了，氣氛被他弄得像是我整張臉毀容了。

「我一直很好奇，許暘離的弱點是什麼。」

他銳利精明的視線彷彿要看穿我，忽然間，他抬起肌肉線條分明的手臂。我反射性的一縮，卻見他箭眉輕挑，嘴角大大的咧出欠扁的笑容，緊緊抓著紙張的手指似乎一根一根鬆開。

心下「咯噔」一聲，腦子驀地一熱，什麼也來不及思考，我飛快上前，想抓住飄揚的一角。沒料到我的行動，他被突如其來的衝力撞開，虎背熊腰的身材撞上樓梯扶手。

剛捏到設計稿，我的腳步正好落在階梯邊緣。順著力道一拐，整個人失了平衡，一骨碌的從樓梯滾了下去。

意外發生在電光石火間，那個人沒拉到我，也整個傻住了。

彷彿失去重心的剎那間，太多情緒跑馬燈似的掠過腦中。那種很久很久以前在意著什麼的心情，不可抑制又毫無預警的冒了出來。

被這種心情嚇了一跳，我撲簌簌的掉下淚。

重重摔在地上，一瞬間的空白，緊接著是錐心刺骨的疼痛蔓延全身，鋪天蓋地的將我包覆。黑暗了所有感官，唯有痛覺清晰深刻。

愛情沒辦法淺嚐輒止，只能不受控制的飲鴆止渴。

直到這份感情破敗凋零。一直以來被忽略的，全部都伴隨疼痛尖銳起來。

日麗風和的好天氣，天空是透藍的。

後退了幾步，打量連身鏡裡的自己。

亞麻灰色的頭髮盤成包子頭，牢固的紮在後腦上，水藍色印花的髮帶整齊圈住頭上的髮絲，左右兩側些微的細髮絲自然的散下。

素面的酒紅色針織毛衣紮進魚尾A字短裙裡，隨手搭上長版黑色毛呢外套。

仔細檢查清淡的妝容，我滿意的抿抿唇，紅潤的唇色顯得明亮朝氣。

拎了包就出門下樓。

「好慢。」

彎身坐進副駕駛座，我不帶誠意的擺擺手，「知道了工具人，下次會注意。」

終於到了老早和雁誠約定好飯局的日子，心裡多少有點不自在，要是沒有許暘離意外插了一腳說要跟去，我大概會思考如何委婉推辭掉。

忽略不掉許暘離掃過來的目光，扣上安全帶後，我扭頭朝他訕訕假笑。他的手搭著排檔，一隻手懶散的握著方向盤。

「幹麼？」我稍稍拉開安全帶束縛，側過身湊近他，「覺得我美？」

他輕輕抬了抬嘴角，露出慣有的嘲笑表情，才終於移開視線。從車窗斜射進來的陽光照在他眉眼間，漆黑深邃的眼睛格外漂亮好看。

這樣的人，這樣的他，視力正常的人都會喜歡上吧。

我沒能倖免也是可以被原諒的，色慾果然薰心啊。

喪氣的頹然靠回椅背上，我精心盤梳的包子頭卻狠狠撞了一下。可惡，出師不利。趕忙伸手摸一摸確認，就怕這一撞，變得像野柳女王頭一樣搖搖欲墜。

「會撞到就拆了。」

許暘離低低的聲音響起。我瞄了他一眼，他的視線仍直視著前方路況。側臉線條剛毅，搧動的睫毛洩漏出一絲浮躁。

這大爺不是起床氣吧。現在可是日正當中。

「才不要，我花了十五分鐘才綁好，都還沒撐過半天就拆，我的用心不是白費了嗎。」

「妳還真當作要去相親。」

「相親還會讓你跟來嗎，保鑣？」

車內有點悶，手指按下控制鍵，車窗緩緩降下，順著車速撲面來的冷風頓時變得刺骨，我趴在窗邊昏昏欲睡。

過了一會，車子在紅燈前徐徐停下，我被身旁伸來的手一把往回拉。肩膀抖了下，我抬眼就撞上他陰沉的臉色。

他不看我，只是按了控制鍵將敞開的車窗闔上。

「不需要保鑣，妳很安……」

「許暘離你閉嘴。」

許暘離先在餐廳對面讓我下車，自己開車到下一個街區的收費停車場停車。

傍晚過後，整年開張的市集更是人群雜沓。街頭藝人的演出新奇熱鬧，日日都像節慶般張燈結綵，隻身一人站在此處不只是格格不入，似乎更突顯心底的寂寥。

隔著車來人往的大馬路，一眼就看見站在門口的雁誠站得筆直挺拔。灰色的針織長版外套襯托出他的優雅貴氣，彷彿周遭的冷空氣都柔暖了。

他根本就是一尊可遠觀不能褻玩的玉佛啊！

恐怕是被我太熾熱欣賞的目光冷到，雁誠恰巧往這個方向看了過來。他抿了唇微笑，模樣乾淨清澈。

我下意識要朝他揮手，手舉到半空中，卻意外的被一道力量按住。僅是短暫的觸碰又退開。

「怎麼笑得那麼噁心。」

「你才噁心。你全身上下都噁心，你從小就噁心。」一天不針鋒相對就全身不舒服。

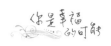

我朝許暘離皺了皺鼻子，左右看看兩邊的來車，估計能安然通過，傾身就要起步。許暘離不是小孩子，應該能自己跟上。

「想證明妳的肉身比車子堅固嗎？那也要看弄傷了人家的車是不是賠得起。」冷硬的聲音壓了下來。他扯住我長大衣的領口，勒得我踉蹌兩步靠上他胸膛。手背觸上他另一隻手，彷彿燙傷似的瑟縮了一下。

我正了正臉色，不理會他略略揚起的眉毛，雲淡風輕帶過。

「幹得好，保鑣。」

太好奇他的反應，眼角餘光一瞥，看見他洋洋得意的表情。許暘離露出「不想跟白痴說話」的態度，嘴邊彎起的敷衍弧度全透露出鄙夷。

習慣了，沒什麼。我不會不知道他是擔心我。只是，這種太過柔軟溫暖的情意不適合流盪於我和他之間。

愛情是會讓人上癮的罌粟，戒也戒不掉。

不去在意就能做到不貪求的，是吧。

屈服於許暘離的眼神，慢吞吞的等待將近一分鐘才終於過了路口，我從他身邊跑開，抬頭衝著雁誠瞇起眼睛笑。

眼角餘光瞥見許暘離從容收回的左手。

雁誠向後方的許暘離點頭致意，低頭含笑望著我，「Yuna，妳過馬路真危險。」

一愣，被瞧見了。可惡，被許暘離的氣勢壓著教訓的畫面被人看見了啊……我尷尬的扯了扯嘴角。

「嘿嘿，是他大驚小怪，我很機靈，精密計算過的。」

「多注意一下自己的安全。」

「會的，死有重於泰山，就這樣香消玉殞的話，也太醜了。」

雁誠揚起嘴角，重複確認一遍，「太醜？」

好吧，前面這氣勢磅礡，後面結尾得太言情，也難怪他摸不著頭緒了。

「就是我很愛惜生命的意思。」

「嗯，下次別讓人擔心了。」

溫柔到像要滴出水來的嗓音，熱燙到幾乎要燒紅我臉龐的關心，我搔了搔頭，這麼多情的話語實在令我難以招架。

為了掩飾我的緊張，故作豪爽的一掌拍在他肩膀上，看著他眉角抽了一下，才意識到他是文弱的音樂家。我這樣，不會把他給拍痛了吧。

我浮誇的大笑兩聲，朝他眨眨眼睛，「安心安心。」

「該被擔心的是路人。」

許暘離擋開我的手，漆黑的眼底漫溢出輕佻的笑意，眼神卻有種疏離和冷漠一閃而過，我很少見到他這樣的神情。

我傻愣愣的盯著他輪廓分明的側臉線條，五官十分精緻。

「站在門口很好聊？」

他突然插話，沒等到回應又接著說。說話時，他的眼睛睨著我。

我怎麼覺得許暘離好像不太喜歡雁誠？

奇怪，又沒有人求你，是你自己硬要跟來的。果然不能期待許暘離能多有禮貌。

雁誠眉目一動，我沒看懂他微妙表情中的意思。正兀自疑惑著，就被許暘離往前推著走。看他們展現君子之風的在門前相讓，我真想直接穿越對峙的兩人先入座。

「許暘離，你說對一件事了，我們趕快進去吧。」

同樣光芒萬丈的兩個男生看過來，我攤了攤手，「不覺得外面很冷嗎？」

果不期然，這兩個人一進到店裡，就吸引了店裡所有女性的目光。

瞅了瞅兩個男生，沉靜溫和的雁誠坐在對面，修長好看的手指翻閱著菜單，很有拍攝海報的架勢，完全不像坐在我旁邊這傢伙的輕狂冷傲。

許暘離脫了外套隨手掛在自己背後椅背上，一隻手在搭在我的椅背上，漫不經心的稍稍挪了挪視線，手指點了點我正在研究的甜點頁面。

瞪他一眼，撥開他礙眼的手。等雁誠點完餐，笑得格外親切甜美的服務生移動了兩步靠近，眼神一秒也捨不得從許暘離身上移開。

讓姑娘失望了，許暘離這大爺是不會開尊口的。

「一份蒜香白酒蛤蠣、一份燻鮭青醬海鮮、兩杯抹茶拿鐵、一份伯爵巧克力塔、一份櫻桃克拉芙提，再一份巧克力花生薯條。」

「拿鐵要熱的。」我剛要反抗，被許暘離一瞪，我又默默把想說的話吞下。

服務生確認了一次我們的餐點，許暘離偏過頭抬了抬薄薄的嘴唇輕笑，長長的睫毛下像有零落燈光的照射，亮眼得不可思議。

「都幾歲了還吃薯條。」

「愛吃薯條怎麼了？有人規定年紀多大就不能吃嗎？」你還愛吃甜點呢。

他似笑非笑，我承受不住這表情，抬手扶了左側額際。

我決定趕快轉移話題，看向雁誠，指了指一旁懶散靠著椅背的許暘離。

「他是許暘離，你叫他 Young 就可以。他是室內設計師，我們咖啡廳就是他設計的。」

「我是雁誠，久仰。」雁誠的目光沉了沉，客氣的彎起眉眼，微微笑了一下。

「幸會。」

接著，許暘離不說話，雁誠也沉默著。真是兩尊難搞的神。我撓了撓頭，自覺身負重任。

受不了他們之間暗潮洶湧的靜默，較勁惜字如金的技能，一點意思也沒有。

「雁誠，你是自己開車來的？」不理會許暘離，逕自和雁誠搭話。

許暘離視線瞥了過來，像在嘲諷我開的話題很無趣。一面將剛上桌的抹茶拿鐵推到我面前，也習慣性的擦拭了一遍叉子，墊著紙巾放在手邊。

我眨了眨忽然感到酸疼的眼睛，他要是繼續這麼溫柔，會讓人沉淪到不肯甦醒。

「沒有，我搭捷運，因為這一帶不好停車。」他沒有理會與許暘離本性不相符的動作，聲音依舊平和穩定，「你們怎麼剛好一起來？」

「喔，我沒駕照，天氣太冷了，不想等公車。」

雁誠好像有點意外，輕輕咳了一聲，「妳怎麼會沒想過要去考駕照？我以為大家滿十八歲最重要的事就是去考駕照。」

「那時候忙著準備考試，後來覺得太麻煩就乾脆不考。」

一半是怕考不過，另一方面是那時失戀沒心情。

沒等到學聯會畢業聚餐，徐欣已經出國了。那天大家放開了喝酒，啤酒一打一打的送進包廂，我帶著微醺酒意，搖搖晃晃的到餐廳外吹風，散散酒氣讓腦子清醒些。

反正我應該是對著跟我到餐廳外的許暘離又哭又鬧，不過細節太丟臉、太沒面子，我的記憶全讓被酒精洗掉，只記得我要他承諾以後當我的司機。

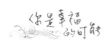

從此我當真完全沒再動過考駕照的念頭。

話題不知不覺又繞回了咖啡廳，總算回到正軌。但是提及黑天鵝一九一一的名字理念，我下意識胡謅了。

許暘離觸著玻璃杯的手一動，托著下顎的厚實手掌也擋不住他嘴邊揚起的漂亮弧度，有幾分孩子氣，我忍不住被笑得心有些軟了。

「店名是因為我媽喜歡芭蕾舞，然後覺得黑色不怕髒，所以選了黑天鵝。」

「那一九一一有什麼特別意義嗎？中華民國建國？」

雁誠過分真誠的單純嗆得我一愣一愣，我還真沒想過這玄機。只是，你把我想得這麼愛國，我很惶恐啊。

「是我和 Yuna 的生日日期。」

許暘離是十月十九日生日，傳說愛與美並駕齊驅的天秤座。

我的生日是十一月十一日，神祕又愛恨強烈的天蠍座。

「你們……是情侶？」可能按捺許久，雁誠問得很遲疑，還有點小心翼翼。

又來了，熟悉到不行的例行問題。

半點也沒有覺得被冒犯。老早就見怪不怪，聚會場合，氣氛的熱絡總是建立在對那些小情小愛的好奇，只要我們一同出現，就是最常被推出來的砲灰。

「合夥人。」

「兼高中和大學同學。」

這種曲折離奇的關係用不著特別拿出來說嘴吧。

我擰了一把許暘離實在沒什麼多餘脂肪的腰，補充一句，「不是情侶。」

雁誠卻出乎意料的將視線定格在許暘離臉上，好像我的話不具公信力。這樣的貶低讓我鬱鬱。

從小就習慣芒刺在背的許暘離笑了，抬高的下顎畫出自信的弧度，是令人無法挑剔的完美。

「嗯，因為是老夫老妻。」

「你今天沒睡醒是吧。」我無言，這人是覺得誤會蔓延的範圍不夠廣是吧。

我擺擺手，要雁誠別聽信他的廢話，一面挑出酥皮濃湯裡的所有紅蘿蔔，抓住時機就丟進許暘離碗裡，滿意的點點頭。

看他眉頭一揚，我立刻說：「閉嘴吃飯。」

雁誠好奇的看過來，我依舊氣定神閒，「他是飯桶，見笑了。」

摸著充實的肚子，難得深刻體會何謂飽足感。

許暘離忽然不知哪根筋不對，用餐中途和雁誠聊起經濟。我雖然是會計系出身，可是對這一點興趣也沒有。

無趣的戳了盤裡的麵，過一會又放下餐具，乖乖啃起甜點塔，似懂非懂的聽他們談話內容出現曾經在課堂上聽過的專有名詞。

國家棟樑啊，我傷神的搖搖頭。

聽著聽著我都恍神了。連許暘離不知道什麼時候推了他的甜點到我手邊，我都沒察覺，聽他又加點一份，才猛然用震驚不已的眼神瞧他。

吃飽就想睡了，我斜斜倚靠著廊柱，忍不住掏出手機來刷臉書的更新動態。體力卻支撐不住，只好懶懶地放空。

「想睡了？」語中帶笑，雁誠攏著長衫，依舊站在我身旁。

剛才已經道別過，我正等待許暘離開車過來接我。還以為他陪我站一下就會離開。

揉了揉眼睛，微微打著呵欠，眼角泛起水光，我精神有點萎靡，「大概是老了，以前看韓劇看到半夜三點，隔天還是能活蹦亂跳。」

他失笑，「老了？妳年紀比我小吧。」

「那點差距不是大問題。」看他眼神倏地亮起來，我愣了愣。呃，這話怎麼有點不對勁，「我的意思是，我們都不是十幾歲的年輕人了。」

「服了妳。」雁誠搖搖頭，還是一貫的淡然，「我陪妳等他來吧。」

「這樣太麻煩你了吧？而且現在還是大白天呢。」不會有什麼危險的吧。

「怎麼不聽他的在店裡面等？」他不答反問。

「都吃完也結完帳了，留在裡面很佔位子啊，服務生也不好整理。」說得很理所當然，雁誠卻輕蹙眉，看來是不能十分了解。

面對他，我暖暖的笑了，拍拍他的手臂，「要是你當過服務生也會懂的。」

不等他反應，我收回了手，踢著腳步，抱怨許暘離是把車停到北極去了嗎，今天真的還滿冷的耶。

「妳喜歡看舞蹈表演嗎？」

我眉心不自覺跳了一下，「什麼？」

「我有兩張芭蕾舞公演的貴賓券，差點忘了，想問妳要不要一起去看。時間是下星期四。」

芭蕾舞。

一瞬也不瞬的目光凝視他輕揚的和善嘴角，似乎呼吸都變輕了。許久沒有出現在生活裡的字眼，空降在我面前。

「我……」

「沒有興趣嗎？我想，妳剛才說妳母親喜歡芭蕾舞，所以猜測妳可能會有點興趣。沒關係，不勉強。」

他眼裡的失望使我有點不忍心，又或者，我是在他眼裡看到自己的影子。

想不起我有多久沒接觸芭蕾舞了，親近的人也都刻意避開這話題。

說我不在意，沒有人相信。不過，真正讓我難過的正是他們善意的迴避，好像我的生命少了跳舞就停止轉動。

也許有些失色，可是我能擁有其他更珍貴的事物。

「你讓我考慮看看，我明天會給你答覆。」

「好。」他倒也乾脆。

許暘離將車開近，搖下車窗朝我看過來，有種要看穿我的力道。我攏緊了外套一角，深呼吸。

「雁誠，那我走了，再見。」

「好，路上小心，我等妳訊息。」

「知道了。」

踩著步伐，力圖鎮定，我熟練的露出若無其事的笑容，拉上安全帶，好好坐定，吁了一口氣。

明明一向清冷隨意的視線此刻似乎有些焦灼，我撫著右側太陽穴，抿著唇，心想這人要不要這麼敏感。

盯著我看是想做什麼？

他不說話，也不動作，我不知道該說什麼。

「你停在這裡很影響交通吧。」

默數到三十他才轉移注意力，踩了油門直往前方駛去，強烈又壓迫的氣勢仍然沒有消失。

沁涼的風徐徐自冷氣口傳送出來，卻吹不散車內凝結的低迷氣氛。許暘離最近特別喜怒無常。

我打起精神和他說笑，可是好像說錯話了。

「欸，你說，那個雁誠是不是想追我？」

說話總是很曖昧，不是想追我，就鐵定是花花公子吧。

都說詩人內心都有無可救藥的浪漫，從維也納留學回來的音樂家也許骨子裡同樣帶有詩人的習氣。

話音甫落，許暘離輕鬆搭著方向盤的手忽然使力一轉，腳下用力還踩了煞車，他這部性能很不錯的車直直衝進路邊公車停靠區。

四周喇叭聲大作，許暘離不理會，剛毅的側臉看起來更冷了。直到微亂的秩序恢復如常，我還驚魂未定。

「怎麼了？車沒油了嗎？」

他指尖敲了油表的位置，還有八分滿。

喂，那是找死嗎？

「你有病啊，那你沒事緊急煞車幹什麼？妨礙交通不怕被檢舉嗎？還停在公車停靠站，罪加一等。」

我氣結，推著他肩膀的手被一把抓住，攥在溫厚的手裡。我頓時心一跳，瞳孔一縮，所有掙扎也被他強烈制止。

笑容突然破冰一般在他清俊的臉上綻開。我咬了下唇，氣這個人長得也太好看了吧，色即是空，色即是空啊。

「我開心，管我。」

可惡啊，這個人真的不要蠻橫會死是不是。

「你開心個鬼，我才懶得管你，開車。」

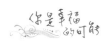

「我覺得妳剛剛的話題比較重要，我們需要深入討論。」

我怔了怔，反射性的問：「什麼？」

「妳和那小子。」

自他眼裡浮起的認真讓我心頭一顫，被他牽握住的部分好像都被燙下痕跡。我抽了手想擺脫，卻是徒勞。

心裡很急，說不出的心慌。不明白是不是因為停在下一秒就可能被開單拖吊的地方。

「呿，你肯定是想說我怎麼又臉皮厚了是吧？知道了，所以大爺你可以把車開走了吧，我閉嘴。」

「沒有，我也這麼覺得。」

「啊？」

「所以，以後不准再跟他單獨見面。」他鬆開我的手，重新握住方向盤。

被他反反覆覆的話弄糊塗了。他的語氣很高傲，很倔很任性的樣子我是熟悉的，可是不喜歡。

「為什麼？我不要，你要不要管這麼寬啊？」

他手指一頓，唇邊又向上揚起十五度，「妳很享受被人追的感覺？」

「為什麼不享受？也該是時候找個男朋友好好交往啊。」我鼓起了與他唇槍舌劍的勇氣，瞪著他堅毅的臉。

他卻用一句話打散我的氣勢。

「妳可以優先考慮我。」

許多的反駁噎在喉間，甚至手一鬆，他被我抓在手裡的手機掉落的聲音沒有引起他的注意。

許暘離的凝視沒有多餘情緒，一點表白的真誠也沒有。他在等我的回答，而我，也不跟他客氣。

「你有病。」順帶送上白眼。

我稍微拉開安全帶，傾身往前拾起掉落的手機，看來他的話還是挺有殺傷力的。

我低著頭悄悄扯了自嘲的微笑。

漆黑的眼幽幽深深，他冷冷的叫我一聲，「廖槼瑜。」

「你什麼樣子我還不清楚嗎？想騙我再練一百年，你被阿姨逼緊了，也不要狗急跳牆找我開刀。」

他抿緊了嘴唇，逆光線的臉朦朦朧朧的，扣著方向盤的性感手指明顯收緊，打下排檔啟程，喉間發出意味不明的冷哼。

所以，他到底想怎樣？

懷抱忐忑的心情，我將座椅壓低，沉沉睡去。

他的車速平緩，穿街走巷，沒有再像剛才那樣不按牌理。只是，我睡得不甚安穩，直到低垂的頭在迷迷糊糊間感覺被一隻手指抵住，戳在腦門上實在有點痛。

我不甘願的掀起眼皮。

許暘離的輕笑帶著近乎寵溺的無奈，他溫熱的呼吸氣息近在咫尺。我下意識瞇了瞇眼睛，一掌巴揮了過去。

他臉頓時黑了，「廖琹瑜妳的怪力真是有增無減。」

「知道就好，誰叫你靠那麼近，沒被你嚇死是我命大。」

「我沒被閒妳的口水噁心才是心地善良。」

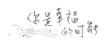

我一愣，猛然後退，伸手抹了抹臉頰，明明很乾淨啊。就知道不能輕易被他的話牽著鼻子走。

「妳家到了。」他指指窗外，車已經安然停在公寓樓下。他俊眉微挑，「還是妳想跟我回家？」

我翻了白眼，「妄想是種病，記得治。」

解開安全帶，將椅背調整好，把我聽直播音樂聽到電量掉了許多的手機放回他手裡，向他眨了眨眼睛，一點也不感到抱歉。

我的手碰上把手要開門之際，霸道又強而有力的手拽住我手臂，預備起身的姿勢頓時被牽制住。

「你幹麼啦。」

睡意仍不停湧上，我口氣很差，掙不開他的禁錮更令我委屈煩躁，他總是這麼我行我素。

明明那麼冷酷高傲，明明個性那麼糟糕，或許因此，才會在他表現一點溫暖的小舉動時，我就無法控制的淪陷。

「妳和那小子在門口聊了什麼?」

情緒忽然亂了,腦子卻瞬間清醒不少。我凝住了臉色,身子一僵,許暘離這麼敏感心細,當然注意到了,幽幽的眼眸更深沉了幾分。

「沒聊什麼。」當機立斷的脫口說出這兩個字,觸及他陰鬱隱忍的眼神,心一抖,完了,不該挑戰他的耐性的,「聊、聊天氣。冬天來了,天氣很冷。」

「嗯,繼續。」

「說在裡面等會讓服務生麻煩。」

「嗯,接著說。」

「然後說年紀漸長,看韓劇到半夜會很累,還有,我說可以自己等你,不過他說要陪我等,最後你就來了。」

「還有?」

靠,他怎麼知道還有?而且這種被捉姦在床的感覺又是怎麼回事?

我硬著頭皮,逞強賭氣的說:「沒了。」

偏偏他不知道打哪來的敏銳直覺,遇上某些事也勢在要問出答案。

求知問學也沒有這麼鍥而不捨吧。

他把我的情緒轉折看在眼底，一秒、兩秒、三秒，一動也不動的僵持，我能清楚聽見自己已經快到無法當作計算時間的心跳。

許暘離微微彎起嘴唇，解開他的安全帶，我意識到他接下來要做什麼，心虛的想退開，可是只能背靠著車門，而他步步逼近。

我緊貼車門靠著，盡可能拉開我和他之間的距離，一公分也好，心臟不能再跳得更快了。

不願意所有心情都被他主宰。

「你……」

好不容易從喉嚨擠出一點聲音，卻只能說出一個字。

他深沉雙眼和他心情好的時候的樣子真是天差地遠，這人是顏面失調吧。

他透著涼感的指尖輕輕踮著我的右臉頰，「妳這一點，從高中開始就沒變過。」

「什、什麼？」

「緊張和說謊的時候，會憋氣。」

我一時不知道該怎麼反應，略略偏過頭，張嘴就咬了他矜貴的手指，總算有一點洩憤的痛快感。

他輕輕蹙眉，倒是沒有生氣。

我的張牙舞爪像落在一團綿花上，不真實，也顯得多餘。他是那麼從容，那麼胸有成竹。

「他約我看表演。」我很挫敗，還是全盤托出。

「就你們兩個？」

「對啊，貴賓券就兩張。」覷了他波瀾不驚的臉色，我搔了搔頭，「你想知道這幹麼？就真的不是什麼重要的事啊。」

許暘離沒有鬆懈。明明就不是喜歡我，明明就勉強只是認識多年的損友，每次都對接近我的男生追根究柢，每次都做這麼讓人誤會的事。

擺盪在期望與失望兩端，在一步之遙與千里相距間來回，早就不用極力掩藏，那份愛情已經染上色彩。

我也是會累的啊。

眼見你就在觸手可及的地方，貼近你的關心和縱容，你給的安全感和你特有的佔有欲。讓我無法抗拒的陷落，無法戒除的成癮。

「我不會浪費時間在不重要的事情。」

風一樣的聲音，少了平日的尖銳的驕傲。

看著他黑曜石般清亮的眼中流露些許真誠。我要用多少力氣才能說服自己這是他的無意，我忽然感到眼睛很痛，痛到快掉出眼淚。

對愛情渴望的胃口的確是會被養大的。但是，就像挨餓久了會習慣，食量也會變小。

如果能哀莫大於心死就好了。

許暘離瞇了瞇漂亮的桃花眼，退回讓我能喘口氣的距離，卻沒有打算要輕易放過我。

「據我了解，妳對表演藝術沒什麼興趣，撐不了多久絕對睡著。」

「又、又不是音樂劇……而且是免費的。」

「大學的時候那麼多場熱舞社發表或社團聯合的活動，沒見妳參加過。」

我閉嘴，因為我寧願在宿舍睡覺。

唯一被拐去的一次，是聽說熱音社表演歌單上有我喜歡的偶像團體的新專輯主打歌。憑著那點可能，才讓我離開被窩出門。

「妳只對韓國的偶像團體有興趣。」

有個對自己的了解程度簡直稱得上青梅竹馬的朋友，絕對是種不幸。

他繼續舉出證據，「再根據妳用我的臉書按讚的粉絲專頁顯示，近期沒有任何妳關注的團體舉辦演唱會或見面會，所以，我很好奇。」

我吞了吞口水，緊張的神經彷彿瞬間被扯緊。我眨了眨酸澀的眼。

「是什麼表演讓妳能沒有當下就拒絕，還有貴賓席。」

「你也知道啊，就是盛情難卻。」我飄移了目光，眼珠子轉一圈也沒有個落點，他的嗤笑在微涼的氣氛中特別清晰。

「妳之前好像是公關組的吧。」

「其實我比較會寫企畫書。」

他頷首，朝我伸手，「好，手機給我，我來拒絕他。」

身體一僵，我死命抱著包包，一副絕對不會交出手機的態勢。訊息裡還有雁誠剛剛傳來的票券照片，要是讓許暘離看見，後果是我發揮想像力也無法猜到的。

不需要懷抱他會吃醋的美好奢望。

我與許暘離親近得只差沒有同穿一條褲子長大，我們甚至有對方住處的鑰匙，深入彼此生活圈。

這樣的我們之間，存在永遠無法癒合的傷口。那是永遠也跨越不了的鴻溝，也是我們都絕口不提的禁語。

「妳用我電腦的時候，登入通訊軟體經常忘了登出。」

我彎下身子無聲哀號，不好好改掉的習慣果然全成了破綻和把柄。我弱弱的問一句，「你說我現在回去把訊息刪掉還來不來得及。」

許暘離淺笑，十分陰險。鐵定是我妄想了，這個人才不會容許這種事。

反正我死不鬆口他就不放過我，說了之後，狀況不會更差了吧。

這麼多年，少說是兩千多個日子，許暘離沒有忘記也該釋懷了。

手指捏著頸上的項鍊，冰涼的觸感儘管比不上氣氛的冷卻，仍足夠讓我輕顫。我咬了咬下唇，緊張到快喘不過氣。

避開他的探究，晃盪的視界只剩下自己泛白的指骨，我深深吸了一口氣。

「是……下星期四的芭蕾舞公演。」

第三章

潛藏在記憶裡的疼痛在時間的流裡被沖淡，但是，深深淺淺的傷疤依然是不可忽視的痕跡。

永遠提醒著失去。

好痛。身體沒有一處不瘋狂喧囂張揚著，好痛。

眼皮很重，可還是能感覺到刺眼的光線，我努力想睜開眼睛。

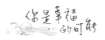

喉嚨乾啞，我發不出聲音，眼前的畫面逐漸從模糊變清晰。我看見刷白的牆壁以及白淨的窗簾和被單，連許暘離的臉色都是蒼白的。

我想稍微挪動痠痛的身體卻辦不到。頓時眼淚湧上眼眶，我不會癱瘓了吧？我不要啊。

察覺到我微小的動靜，許暘離隱去眼睛裡層層疊疊難以細分的的情緒，伸手拿過水杯倒了溫的開水，遞到我嘴邊。我一愣。

「手先不要動了。」

他缺乏抑揚頓挫的聲息和記憶中的徐欣太過相像，我不可抑制的眼睫微顫。

原來有一天我也可以只表現出這麼一點動容。

然而卻是用最衝擊的方式驗證這一個事實，狠狠捶打在心上，溫柔又殘忍的留下溫暖而潮濕的痕跡。

水流過喉嚨，想伸手拍拍胸口都被阻止，無法動彈的鬱悶感使我很困擾。

「你老實說，我是不是癱瘓了還是要截肢？」

他居然沒有鄙視我誇張的語氣，眉頭皺了一下，「亂說什麼。」

霸道又渾蛋的許暘離很欠揍，抿著嘴冷笑的許暘離很可怕，可是，現在我看不懂的許暘離最駭人。

我盯著他沉沉的臉，自責和疼惜這種太過曖昧的神情，實在和他輕狂邪惡的氣質很不搭。

「好好好，你說吧，我撐得住的。」

「身體多處輕微撞傷，多休息，不要提重物，還有輕微腦震盪。」

眨了眨眼，我吁一口氣，「聽起來還好。」就是痛了點。我苦哈哈的看著他，「這不能打麻醉壓壓疼痛嗎？」

我平常有多怕痛他又不是不知道，還瞪我。

「然後，關節韌帶和骨頭都受傷了。」他說得很委婉，不過我心裡大概有個底。

「難怪包得這麼大。」他一瞬也不瞬的盯著我，不喜歡我避重就輕。

看著被高高吊在床一端的腳，這姿勢著實狼狽又糗，我的真心話這麼兩光脫線說出來的話，肯定要被白眼了，不如別說。

突然陷入低迷靜默，我忽然想起自己摔成這樣的根源。手腳不能動，只好偏過頭緊張兮兮看他，語氣倉皇。

「不對，等等等等，紙呢？那張破設計稿呢？」

「就是一張破設計稿，妳那麼拚命做什麼？」

被他帶著隱隱哽咽的低啞聲音嚇了一跳，我有點手足無措，一動就全身痛得我直皺眉，許暘離扶住我躺好。

眼見他又要罵我無腦，我乖巧的眨了眼看他。

「也沒有多破啦，而且不是快到總評的時候了嗎？要是沒有那份稿子，可能會被教授當吧，所以它還是有點重要啦。」

許暘離抿了唇不笑，空氣裡掀起沉沉的憂傷與壓力。

腳痛到不行，我還是努力朝他笑，瞇起眼睛逃避逐漸在他深邃眼中掉出的情緒，也避免自己的一點心思被看穿。

大概是臉色蒼白得可怕，我舔了舔乾澀的唇，在他眼裡，我竟看見自己雙眼是異常的亮若星辰，笑容恍惚而傻氣。

「臉繃那麼緊會長皺紋的。」

他眼神陡然又一沉，完全看不見他幾乎溶血入骨的一貫輕佻嘲弄的神色。不是平穩冷靜也沒有戲謔訕笑。

我扯了扯頭髮牽動頭皮，好像扯動更多的傷勢。全身每一處都悶痛起來，分不清是那一塊的痛覺神經在叫囂。

「廖琹瑜妳傻子嗎？」看我眨著濕漉漉的眼睛，他在床沿坐下，表情讓人忍不住打顫，「明明很痛，妳還能笑？」

他在內疚。

除此之外，似乎還有許多情緒洶湧，黑色的風衣讓他整個人看起來更加冷酷。忽然有股衝動，我伸長了手想抓他的頭髮。

許暘離眼底閃過無奈，輕輕低下頭靠近。這份縱容讓我鼻子很酸。我不客氣的拍了拍他柔軟但是凌亂的黑髮，似乎是流過汗又被室內的冷氣吹乾了。

心口澀澀的，頭一次不是自我感覺良好，他肯定是擔心得要命吧。

「手沒事了？醫生說妳那時應該下意識要扶住欄杆，可能力氣不夠或速度不夠快，沒救到自己結果就摔倒了。」

為什麼應該是很正常的轉述醫生的報告，我卻有被火辣辣輕蔑的感覺？

還停在他腦袋瓜上的手不動聲色的狠狠彈了一下，但因為我受傷，使不出力氣，只是輕微的碰觸。

不情願的輕哼了幾聲，許暘離的臉色還是不太好，我想說些舒緩氣氛的話，偏著頭思考半天依然什麼也說不出來，這人很難哄啊。

我向來都是和他正面槓上，很少這樣放輕語氣的要他別生氣。因為這個人很少表現出喜怒，反而是我動不動就被氣得跳腳。

腦袋暈暈的，勾了勾嘴角只知道微笑。

他眼神一變，冷冷盯著我，嗓音低啞，「不准笑了。」

「我是病人，居然連笑都不行，許暘離你有沒有人性啊。」

「妳有多怕被糗，明明很痛還硬要笑？」

「我為什麼不能笑？其實也不是很痛，不就是扭了一下，骨頭有一點裂。」

「我說的不是這個。」生理上的疼痛是明擺著，爭辯不過。

我知道他意有所指，卻不願意去正視，我的確很鴕鳥心態。

簡單的說來，我再也不能跳舞了。

「那、那有什麼！跳了十幾年終於可以不用跳了，你不懂，我太開心了。」

「別騙我，我知道妳報名甄選想爭取擔任白天鵝的機會。」

什麼啊，這他也知道，我明明沒透露一點風聲。

張了張嘴，盯著許暘離深深黑黑的瞳孔裡的一點瑩光，輕輕吐了一口綿長的嘆息，我抿了唇，還是不願對他坦承。

也許那是真的，最容易失去一個人的時候就是曖昧的時候，不能夠跨越底線，唯恐兩個人就此陌路。

「那是為了堵我媽的嘴。」

許暘離沒有放鬆一點，深沉的目光緊盯我蒼白的面容。

他的嘴唇是乾澀泛白的，一時間我都要誤會他也受傷了。

這一刻，比起和盤托出自己的情感，我更害怕這成為我們之間永遠的心結。我用無比強勢而任性的語氣，要他聽見我的認真。

「許暘離，你再懷疑我，我要生氣了，反正跳白天鵝又不能當飯吃，反正徐欣也說我跳黑天鵝跳得比誰都好！」

自從那天不歡而散，我再也沒有到過許暘離的工作室。

幫他送飯的固定行程，像例行公事般強行嵌入我生活許久突然不必再做這件事時，才發現我竟然會看著時鐘失神，會沒頭沒腦抓起手機，要檢視他是不是又開了什麼挑剔的菜單。

既開心又失落的是 Jim，中午不用頂著太陽出公差，他可開心了。但是打聽不到我和許暘離之間鬧彆扭的原因，他很不甘心。

他拿我的守口如瓶沒轍，也沒辦法從許暘離嘴裡探出些虛實，Jim 神情鬱鬱，很悶的說我們排擠他。

前些時候明明還是千絲萬縷的交集，下一秒就可以撇得這樣一乾二淨，說不難受是假的。

期間我只傳了一則訊息，「記得吃飯。」

許暘離秒讀了訊息，只回覆寥寥一個字，「嗯。」

該慶幸他沒有氣到直接已讀不回。

我很鄙視心中逐漸漫散開的失落。為什麼要期盼他來電怪我不給他送飯？為什麼要期盼他回訊息問我表演邀約的後續？為什麼要期盼就算被他教訓也好，也不要被他冷處理？

這些很女孩子的心思，跟我的驕傲形成了很大的矛盾。

從此斷了音訊。

這種事，發生在這通訊發達的時代實在令人匪夷所思。回頭想想，也是能理解兩個人都倔強，拉不下臉。他不說，我也不多問。他不再步步相逼，我也沒道理再戳他心裡的疙瘩。

總有一天能不藥而癒的。

我趴在晶亮的吧台桌面，目光呆滯放空，食指隨意在手機螢幕上刷著動態，不時又把回絕雁誠的訊息翻出來看，不停壓抑住想截圖給許暘離檢查的衝動。

明明來了店裡卻提不起勁，無所事事的望向窗外。Stella 說我這樣子有一種空靈的美，Jim 則扁嘴說根本像老年失智，我真想往他嘴塞咖啡渣。

失戀的時候，常有人要過上一段醉生夢死的日子，這無非是一時難以接受事實的反應。然而，緊拽著一份沒有結果的愛情何嘗不也是這樣？

「Jim，快接電話。」

我坐在高腳椅上，活動了一下長時間維持同一個姿勢的腿，瞇著惺忪的眼睛。略帶沙啞的嗓音全肇因於強烈的睡意。

那個小鬼又碎唸說我是米蟲，我才懶得理他。

「Yuna 姊，妳現在一整個就是人家說的五穀不分、四體不勤！」

「我開心，要你管。」

「好好好。」他一噎，連忙找回氣勢，「吧台咖啡的單都快淹沒新來的同事了，妳真的不幫忙？」

忙不迭的抱怨著，腳下仍按我的指示走向響起的店內電話，痞痞的「喂」了一聲，沒來得及流暢說出「黑天鵝一九一一您好」，Jim 頓時表情古怪，像吞下了一隻蒼蠅似的。

屁孩 Jim 就是愛大驚小怪。我慢吞吞移開注意力，指導新來的工讀生不流暢的動作。

不料，他忽地喊我，「Yuna 姊電話，說是要找妳的。」

「啊？找我？」

「嗯，還是個男人喔！」Jim 神經兮兮的擠眉弄眼。

沒好氣的白他一眼，又逕自在那裡腦補畫面。趕緊指使他倒杯溫水來讓我潤潤嗓子，他放了水杯就嘻嘻哈哈往廚房去散播消息。

瞪了他一眼，拿過話筒，正了臉色，「喂，您好。」

「大嫂大嫂！好久不見，我們都好想念妳喔！」

絕對不是我的問題，這高亢的語調，誰聽了都會想直接掛了電話。

揉了揉太陽穴，耳朵彷彿也痛了起來，白費我打起了精神接這通電話。

「都沒事做了嗎？你們工作也有清閒得可以納涼的時候嗎？」

「現在還真是前所未有的閒。」

「喔？不會是工作室是要倒了吧？」我大驚失色，這樣是不是往後都不能坑許暘離接濟我了？牽一髮動全身的人間慘劇啊。

「大嫂，妳太看不起我們了！我們就算全體一起放一個月支薪的假也沒問題好嗎？」

「嗚嗚嗚，那是前幾年的傷肝日子換來的啊！」我聽見另一個聲音說。

聽他們沒什麼重點的哭訴，Jim 貼心拿來的早午餐都要吃不下去了。他們說得悲切，我這麼不同情是不是太冷血了？

「你們知道自殺防治專線也能心理諮商嗎？」好不容易抓到他們稍微歇息的停頓點，「所以，趕快掛了這通電話。」

「大嫂妳好狠的心啊！嗚嗚嗚！不過心情舒暢多了，這麼神經緊繃的時候果然要和大嫂講講垃圾話，才能放鬆一點。」

「明明沒工作，緊繃個鬼。」

「大嫂這就是妳不對了，妳太不關心老大了！」

「對啊！我們都熬夜趕完了急件，現在之所以停擺還沒開工，就為了精神支持老大，並處於備戰狀態，老大一聲令下，馬上隨傳隨到。畢竟是打官司這種大事嘛。」

我一愣，「打什麼官司？我沒有聽說啊。」焦急的語氣想必流露出慌亂，我努力定了神，暗自罵了自己。

語畢，懊惱的咬了咬下唇。我真的什麼都不知道，因為我們在冷戰啊。

但是他們誇張又像玩笑的調侃落在心裡，怪不舒服的。明知道他們不是有意，聽在我耳裡仍然像是指責，使人內疚。

「大嫂妳怎麼對老大不聞不問？」

「就是嘛，老大每天抱著白吐司和甜到令人髮指的咖啡，然後埋頭苦幹。那樣子說有多淒涼就有多淒涼！」

「我都要以為老大是腸胃炎了。」

「老大不和我們一起訂餐，我猜是和大嫂賭氣，大嫂一定也是氣到鐵了心什麼都不管。」

一搭一唱嘈雜的爭辯聲在話筒那頭此起彼落，我搗住發疼的腦門。

憋了半晌，終於吐出一句話，「腸胃炎不能喝咖啡。」要能插上這句簡短的話是異常困難。

電話那邊陷入死寂般的沉默，久到我都懷疑電話壞了。

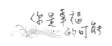

「大嫂妳是這樣抓重點的，我好悲傷。」

只要不是面對許暘離，我向來都能冷靜自持。我溫吞淡然的回應，「你們再不好好解釋打什麼官司，我更悲傷。」

「咳咳咳，是這樣子的，老大負責他在AC公司的一個新案子比稿，是以他大學時期的某個作品為基礎再延伸設計的，是很新穎的設計。另一個也參加比稿的單位不知道哪裡得來的消息，也用上了同樣的設計基礎。更慘的是，對方比我們還早把圖交出去。老大隔天圖交的時候，就被隱晦的質疑為什麼和別人的概念相似！」

隔了那麼久沒有聯繫，一下子聽見這麼重大的事件，我很難不感到驚恐。脫口而出的話都是反射性的，還愣著的腦袋什麼也無法思考。

「要證明他是原創者不會很難吧？他大學的作業幾乎都曾經拿去參加比賽得過獎，就算沒有，也能找到以前教過他的老師作證。」

正在解釋的陶德嘆氣，喪氣的繼續說：「重點就是，那個初稿我們怎麼看都是好到不行，完全展現設計的純粹和清新，偏偏不只沒有原稿留存，老大說那份作業他沒有繳交，所以期待老師能有點印象的希望也落空了。」

「原來老大從以前就任性。」Webb小聲嘟囔著。

說到許暘離大學時期的作品，沒有得獎或是沒有進系上總評的，甚至根本沒有交出以致沒法找老師作證的……

而他這個人自信果決，又懶惰怕麻煩，處理設計稿依然故我，一旦做就要做到最好，不會多做，也很少修改重做。

順著這些脈絡思考下來，心裡燃起微薄的希望，我急忙詢問設計原稿的特徵。他們被這份突如其來的急迫嚇了一跳，結結巴巴描述起來，七嘴八舌的補充細節。

認真聽了一會兒，我不時還能反舉出幾個細節。

「大嫂妳也看過那張設計圖嗎？啊也是，你們大學就認識了。」

「可惜，大嫂不能作證啊！」

我哪裡不能作證了？我手握有證據啊。嘴角忍不住上揚再上揚，眼裡閃著熠熠的光芒。

浮躁焦急的心忽然就安定了。原來是他能安好，我的世界就會是好天氣。

眨了眨眼睛，輕咳一聲，「你們現在誰來一九一一接我。」刻意壓抑情緒，語氣淡漠地問，但還是語尾還是不自覺的飛揚。

他們沉默了好一會兒，陶德第一個回過神來，「大嫂是現在就想下班，然後衝去法院助陣嗎？」

有人嗆得咳了兩聲，期期艾艾的開口，「大嫂果然剽悍，還有情有義！可、可是妳現在過去也沒什麼用啊！說不定老大還會怪我們多嘴……」

話還沒說完，就能聽見其他人倒抽一口氣，異口同聲的認同。

我翻了個大白眼，收回輕敲著杯身的手指。他們剛剛還非常「委婉」的指控我無情無義。

「來一個閒人載我回家拿證據，想救你們老大就快點，晚了我就後悔了。」

「哼，大嫂才不會後悔的啦！就等我們當一次工具人，大嫂好美女救英雄！」

「是嘛，大嫂妳等我們一下！我們去成就妳的霸業。」

真想讓他們通通閉嘴，有夠吵的。

回到家，奔跑上樓，到書櫃前打開木門，小心推開擋在前方的除濕盒，拿出一個沒有灰塵堆積的黑色資料夾。

摔傷出院之後，我和許暘離相處總是有點彆扭，儘管如此，他也堅持要看著我換藥和復健。

我也漸漸放棄澄清已經星火燎原的傳言了。

不久後，許暘離的室友帶了那份設計稿來找我。他侷促地撓了撓頭，笑得有些靦腆，把稿子交到我手裡。我愣愣的抓緊，不明白怎麼回事。

「廖廖，我們已經幫 Young 收著好幾天了，想想還是拿來給妳，應該只有妳說的話他能聽進去，或是由直接處理這份作品。」

「怎、怎麼了嗎？」

略略攤開，周邊染上些許髒污，紙也皺巴巴的。蹙了眉，不甚理解他的舉止。抬頭盯著他愁苦的臉色，忍不住跟著擔憂起來。

他又扯了扯已經亂草似的頭髮，「那個元凶把原稿送回來了，但 Young 不知道發什麼瘋直接丟到垃圾桶。我們撿了很多次，也勸了很多次，他就是死也不再用那份設計，最後因為遲交被扣了十多分，新的稿我們也看過，都覺得沒有比第一張的設計更好。」

默默閉上嘴巴，心亂如麻，怎麼也不敢說出「他是腦袋撞壞了耍什麼驕傲骨氣」，緩緩低下頭，我盯著腳尖看。

許暘離的室友輕輕笑了，伸過手來摸摸我的頭，像個鄰家大哥哥似的。

「妳也不用有壓力，我們是想，好歹也是妳拚命救回來的，既然原創者不要，總不能糟蹋了，給妳當紀念吧。」

「紀、紀念？」我傻傻的抬頭。

他瞇起眼睛笑得更開懷了，「紀念……青春啊。」用了最灑狗血的語氣。

我無語，能在許暘離身邊熬過來的可見都不是什麼正常角色。

於是盯著這罪魁禍首思量多日，找了一天，我偷偷溜進許暘離他們系館，去找了教授，請他看看這份設計。結果教授過於專業以及極為詩意的形容和評語，我聽得是一愣一愣。

總而言之，就是極品的意思吧。

當時，我做了個決定，日後多次回想起來還是覺得自己太過衝動傻氣。

許暘離的設計稿，我用他的名字申請了專利，一直收著，沒料到有一天能有用處。

輕輕吐了一口氣，起身走下樓，將整份資料交到許暘離的同事手中，他們疑惑且好奇的抽出來瞄了一眼，嚇得手一抖，用崇拜的眼神看著我。

「大嫂妳這是……簡直是殺手鐧啊！」

「就連老大也不知道吧，丟出來對方就無話可說了！」

「就該早點讓大嫂知道，原來大嫂才是外掛！」

見他們開始沒完的廢話，催促他們東西收好馬上滾，一群男人擠在一輛車裡，守在公寓樓下，一點也不像話。

不要嚇死附近的鄰居。

陶德排除萬難探出頭來，示意我上前座，「大嫂妳不跟我們去看看嗎？」

「是啊大嫂，老大一定很想看見妳。」

「那可不一定，老大現在還沒得到這份證據，勝算是一半一半，這麼糗的狀框，說不定反而不想讓大嫂看到。」

內鬨的他們也讓人挺煩的，好吵。

反正事情的成功幾乎確定了，心情被折騰了半天，我輕緩的打著哈欠，懶懶的擺手，連解釋都省下了，轉身就走回我的小窩。

手機震動聲不絕於耳，我煩躁又無奈的皺眉，使勁拉起被子蓋住頭。糨糊似的腦袋什麼也不想，只想無視擾人的來電。

但是來電者似乎沒打算輕易放過我，一遍又一遍的撥打電話，到底是誰！

無力的手胡亂伸向床頭櫃摸索，睡意很濃，沒抓到手機，立刻又睡著。接著又被來電震動吵醒，再睡著。這循環反覆了好幾次。

終於握到手機，瞇著還不適應光線的眼睛，嘗試好幾次才按到通話鍵。

「喂，誰啊？有什麼事等我睡飽再說可不可以……」

迷迷糊糊間，嗓音軟軟的，很不像平常的我。但我管不了那麼多，我還沒睡夠。

熟悉到骨子裡去的清冷笑意傳來，「是我。」聲音落在耳裡，竄進我的左胸口，掀起一陣不平靜。

嗯？許暘離？

晃了晃昏沉的腦袋，迷迷糊糊扶著床沿坐起身，咕噥著，「幹麼？你知道現在幾點嗎？三更半夜的，是打來要我起床上廁所嗎？」

電話那頭的人看來是被我不文雅的直言嚇到了，沉默片刻才嘆了口氣。

不用跟一個睡到一半被吵醒的人認真吧。

「廖琹瑜妳是睡到腦袋不清楚了吧？現在是七點。」

「啊？七點？」慢吞吞飄移了迷茫的目光，從窗簾細縫間沒有看到日光，「騙鬼啊許暘離，天黑著耶，你無聊就去找別人玩。」

知道我有起床氣還鬧，看我明天怎麼敲他一筆。

他用一副「敗給妳了」的口吻說：「是晚上七點，就是十九點。」

啊？捏了拳頭敲敲自己腦袋，手摸索後撐著床，搖搖晃晃站起身。終於清醒一點，我的確是睡到不知今夕是何夕了。

所以我送走那幾尊瘟神離開一路睡到現在？下午三點多到七點？

見我沒有回應，他又用高冷驕傲的聲音指使我，「走到窗戶邊來。」

「你、你不會在樓下吧？」乖乖走到窗邊探出頭，冷風灌了進來，我不禁哆嗦。

而他那頎長的身影彷彿和夜色融為一體。「你、你你你來幹麼？來多久了？一直在樓下等？」

我驚嚇得話都說不好了，很傻氣的伸出食指指向他，隨即又尷尬的收回。他怎麼會在樓下？這種大冷天，不躲在家裡，來這邊站在別人家外面，他是白痴嗎？

慌亂地翻了手機未接來電紀錄，十二通！十二通都是同一個人！我抿了抿嘴。

許暘離就在一盞昏黃的街燈下，從容自在的站立著，光線朦朧得看不清他細微的表情，彷彿所有光線都聚在他身上，畫面溫柔繾綣到會讓人亂了心跳。

整個世界像被按下靜止，定格不動。

一時啞然，說起話還是結結巴巴的，「許暘離你腦子有病啊？現在是冬天耶。還有，你不是有我家的備份鑰匙，在外面罰站幹什麼？」

「妳是在提醒我以後把妳家當自己家？」

這人果然不需要被關心。

「去換衣服，馬上下來，記得穿得暖一點。」

「啊？」

「妳不是還沒吃飯？」他理所當然反問，我拿他的機智沒轍。

我囁嚅著，莫名深怕又挨他冷眼，兩人之間終於破冰，要是又鬧僵了，我絕對要找塊豆腐撞了。那個人最愛婆婆媽媽管我的飲食，「是還沒啦……」

許暘離輕輕「嗯」一聲，聽不出情緒起伏，「我也還沒吃，所以妳現在穿好衣服出門，我們一起去吃吧。」不對勁，太不對勁了。

這好到像是整形過的脾氣很不科學。

「約我吃飯啊？那我可不可以不要帶錢？」我才不承認這是撒嬌，只是想敲他一筆。

我能想像他唇邊溢出的嘲弄，聲音乘著風傳過來，「十一年來，哪一次讓妳甘願掏出皮夾了？」

「有。」我理直氣壯了，諂媚又討好，「為了拿出我的集點卡給你集點。」

「閉嘴，穿暖一點，下樓。」

說完就切斷了通話。

單色調的天空淒清，只看得見稀稀落落的幾顆星星。

按捺著躁動的心情，很想問問官司的結果，但是不知道許暘離從他那群兄弟口中聽到多少細節，不曉得他會不會認為我多事。

低頭看著自己的腳尖發呆，偶爾側過頭瞄他幾眼，舒暢的晚風從我們身上吹過，卻沒有帶走些許尷尬。

「我們要走去哪裡？」

「看妳要吃什麼。」

他仍是百年如一日的氣定神閒，努努嘴，我決定也不跟他客氣，不然到頭來這份體貼謙讓會被他笑死。

雀躍的扯了他的手臂，手指著前方的路邊攤，「燒烤！燒烤燒烤！」

他很不給面子的蹙眉，唇角微揚。我撇了撇嘴，很不滿的擰了他一把，輕輕哼哼的抱怨他嬌貴到不行的胃。

「幹麼？嫌棄路邊攤嗎？要不然你看我吃？」

許暘離聳聳肩，更加不掩飾笑意。他彎彎的眉眼在我的眼裡發亮，溫暖和煦的。

我下意識壓了壓左胸口，快速撇過頭。

是不是從來沒有這樣和許暘離幾乎像是生活在一起？高中和大學也從未像前陣子那樣密不可分，才會讓這次的分離加深了思念？

潛藏在心底的情感快要淹沒理智，在他面前越來越不能表現自然。

許暘離黑亮瞳仁裡的隱約情意，到底是真的，或只是我自己內心想像，我已經分不清楚。

我眨了眨眼，想眨掉湧上眼眶的霧氣。不讓他發覺眼裡的水光，放開他的手，輕快的往前邁開一大步。許暘離驀的從我後頭伸長手臂繞過腰際牢牢抱住，我的身體震動了一下。

肢體和聲音都僵硬了，我沒動彈，就怕他該死的敏感。

「去點餐吧。」頃刻，他泰然自若的鬆手，另一隻手搔了搔臉。我回頭看他，許暘離抓著我的肩膀，將我整個人轉了個方向，「妳就喜歡餐風露宿。」

愕然半晌，我使勁拍開他的手，「別亂用成語。」

沒細看他的神情，快步走向攤位，選了偏角落的位置，拉了兩張挨在一起的木製板凳，等著許暘離大爺坐下。

他抽了桌上兩張衛生紙，隨手擦了椅子與眼前桌面，頂著他危險的目光，我堅持說完「潔癖人毛病古怪多」。

忽視他不善的問候，笑咪咪朝他伸手，「錢包。」

許暘離輕咳了一聲，似笑非笑的盯著我直看，眼神彷彿要將人看穿。我愣愣的摸了摸臉，這熱燙的溫度是怎麼回事。

他一味的笑，卻不說話，黑亮的眼睛裡頭承載太多情緒。

「幹、幹麼？我沒錢啊。」攤了攤手，急忙補上一句，「燒烤店也沒碗可洗喔。」所以沒辦法用洗碗抵帳這招，更不能把我當了換錢。

他挑眉，性感的薄唇溢出笑意，「不要青椒。」

慢悠悠的從口袋中掏出男用短皮夾，我劈手奪過來，深怕他後悔，握在手裡，心裡才會踏實。他眨了眨亮亮的眼睛，看來他完全不知道他的臉比錢包吸引人。

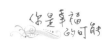

正要走到攤位前，走了兩步又停下，回頭抿著唇笑。

「放心，絕對不用擔心，青椒會多到讓你看不見盤底。」我正色說。揮灑許暘離的錢就是完全沒有心理障礙。點完餐之後回到座位，雙手環在胸前等著。

看綁著白色頭巾的大叔老闆把剛才點的東西一碟碟送餐上桌，我往前挪了挪椅子，手肘撐著桌面，轉頭看許暘離。

與許被我閃亮得過分的雙眼嚇到，許暘離掩嘴輕咳了一下，昏暗的光線下，緋紅的臉色特別不正常，我剛要開口，他就塞了紙巾到我手心裡。

「擦一擦手再吃。」

「好好好。」不跟他計較，頓時也被轉移了注意力，忘記剛才要追究什麼。

因為忙著開店與思考新一季的菜色，稍晚又奔波著處理侵權事件，一整天下來，我只在十二點左右匆匆進食，吃了 Jim 隨手準備的燻肉三明治。到現在早就餓到不行，沒空跟許暘離閒話家常，一頓飯吃得很安靜，周遭只有涼風徐徐的吹拂，許暘離坐的位置，正好幫我把風都擋住了。

「妳之前怎麼會想到要把設計稿拿去註冊？」

低沉凝重的嗓音劃破靜謐，用餐時間的溫馨都被他破壞了。

聽完他的問題，我不滿了，嘟起油亮的嘴，「說得好像我很沒常識一樣。那麼重要的東西，本來就要謹慎一點吧。你看你這次不就被人擺了一道。」

他抿了嘴沒說話，八成覺得沒面子，我肩負重任的引導了話題的走向。

為男人的顧面子，我真是太偉大了。

「那你說，這麼陰險的事怎麼會發生？我的意思是，他們怎麼會知道你原稿的設計？」

「我怎麼會知道？」

「看我幹麼？我像是會出賣你的人嗎？咳，我的意思是，拿著一張設計稿出去外面炫耀也未免太有病了吧。」

許暘離勾了下嘴角，輕淺的笑隱沒在漫起的嚴肅表情裡。

我知道他又想起什麼了，他始終把我再也不能跳舞這件事看得比什麼都重。

氣氛頓時陷入膠著，他低著頭不再說話，我也無從開口。

痛。

他罕見的脆弱彷彿在空氣中散開，包覆著我，一陣一陣冷意上來，一下一下的悶

燒烤攤的客人絡繹不絕，老闆的動作依舊井然有序，而對面那一桌的情侶親密的餵食，我撇了撇嘴，嗯，非禮勿視。我慢吞吞又不甘願的收回視線。

「吃飽了？」

我摸了摸肚子，心滿意足的舔了唇角，瞇著眼睛衝他微笑，被風牽起的頭髮有點凌亂，許暘離快我一步替我把貼在臉上的頭髮撥開。

傻愣的目光凝在他的修長手指上，當他順勢拉過我的手指用濕紙巾仔細擦拭，半晌我都回不了神，我能感覺被抓住的地方都發燙著。

我猛然抽手，卻沒成功。這個動作引來他的關注，忽然深感自己十惡不赦，搔了搔臉，正想解釋，就被他的嫌棄的話語搶先。

「別動，髒鬼。」

我氣結，這人不損我一句就全身不舒服。

他隨手扔了紙巾在桌上，拉了我的手起身，為什麼老是動手動腳的啦。許暘離堅

持要我穿上外套，明明喝了一壺熱茶全身暖呼呼的，他依舊堅持，非盯著我穿好扣上釦子。

「許暘離你真的很婆媽。」

「廖琹瑜妳真的很幼稚。」他的鄙夷總是非比尋常的傳神。

我翻了個白眼，沒好氣的說：「有你這樣對待救命恩人的嗎？」

不想讓他心煩，所以總是避開這話題，但這時我就是忽然期待他在我面前流露出彆扭的姿態。我盛氣凌人的抬高下巴，沒放過他眼底閃過的驚訝。

但是我壓根忘了這人臉皮有多厚。許暘離俊俏的臉湊近，整個呼吸的氣息幾乎都吐在我臉上，我縮了一下。

「要我報答？我什麼也沒有。」

你有錢！我重新挺直身子要說話，他搶先接了下去，「只能以身相許。」

這句話讓我瞬間怔住，許暘離性感漂亮的手指摩娑著下巴，月牙似的眉眼都是笑意。

妖孽，心裡罵他一聲。好好嚥下一口口水，我伸出手指抵在他的額頭上，把他的一張臉推到不影響身體健康的距離。

「很好很好，就以身相許，到手應該接受轉賣吧？」

「妳想得美，到手就要負責。」

「許暘離，這說話風格不適合你，你還是嘴賤一點，我比較習慣。」

搖搖頭，心裡一陣惡寒。這人演戲演上癮是吧。他的形象是高冷又毒舌，突然變得這麼甜膩黏人，不得不懷疑他是不是病了。

繞著社區公園走兩圈，這份寧靜像是能走到地老天荒。

但是，許暘離這種人，就是不論過了多少年都能用一句話讓人瞬間從天堂摔到地獄。

「後天的同學會妳跟我去。」

「啊？」

原本在花圃邊緣踩得穩當的步伐忽然歪了。我一個踉蹌，及時扣住罪魁禍首的肩膀。許暘離同樣嚇到了，連忙扶住我的腰。

他冷聲放話叫我下來在好好走在地面上，我很孬，只好默默跳下來，要不是覺得跟他平靜美好的夜間散步很奇怪，我也不願意這麼蠢。

「什麼同學會？高中？學聯會？」

不能怪我很邊緣人，因為我所有通訊軟體的群組邀請我都按了拒絕。

因為不想讓許暘離不自在，提及芭蕾舞，他總是會反常個幾天。要是有誰問起，臭著臉當場走人這種事他是做得出來的，不用懷疑。

「大學。」

「大學？先生，我跟你不同科系吧。」

「反正我們系上每個人都知道妳，我的朋友妳也幾乎都認識啊。」滿不在乎的口吻是他慣有的作風。

我當下只想從花圃裡拔草塞進他嘴巴。

成為女性公敵的事堅決不幹，「不要。」

「妳上上星期燙傷手。」

氣定神閒的語氣分明是勝券在握，許暘離替我攏了攏酒紅色的圍脖，笑得很是奸詐，我一臉不明所以，他話題跳得太過遠了吧。

「上個月弄丟手機、摔破魚缸還割傷手，上上個月急性腸胃炎，上上上個月鼻涕流了兩個星期。」他轉過頭，看著我瞠目結舌的表情。

他記得這麼清楚，不只讓我惶恐，還使我感到滿滿的陰謀。

他的手最後停在我臉上，手心的溫度熨燙著我。

「妳說如果這些精采的豐功偉業都被伯父知道會怎麼樣？」

如果不是要我即刻滾回家，就是他會馬上殺過來。

瞪著眼前從容的許暘離，這麼卑鄙無恥是可以的嗎？

用力拍掉他的手，我咬牙，「你什麼時候和我老爸交換聯絡方式的？」

「很早，忘了。」很早？簡直是通敵叛國！

老爸太讓我失望了，可惡。

許暘離湊近，伸手不安分地戳了我鼓起的臉頰，我反抗不得的生氣模樣徹底逗樂他了。

「伯父一點也不放心自己又傻又笨的前世情人闖蕩江湖。」

「所以要你通風報信？」

「可以說是無微不至的關心。」

我想咬他了。老爸縱橫一世居然看走眼，許暘離一點都不值得信任。

他這不就在威脅我了？

「為了不讓家父擔心，請你閉緊嘴巴。」高傲的抬起下巴，手扠著腰與他對視。

「那要怎麼彌補我失信於伯父而作痛的良心？」

許暘離歪過頭，露出微笑，他他他，就是個渾蛋啊，誰聽不懂他的意有所指。

「你沒有良心這種東西。」

「所以妳去不去？」不理會我氣得跳腳，執拗的要達到目的。

掙扎著，我這樣去，絕對會被八卦的眼神淹沒啊。我咕噥，「為什麼不能自己去？怕形單影隻不好看？」

他冷笑，「不是。」

「不是？」單身男子才搶手吧。

「怕被別人覬覦。」

愣愣看著許暘離罪惡的笑臉，栽在他手裡是難翻身了。

冬天喧騰的風颳起，寒得刺骨，卻是乾冷不潮濕天氣。

天空是被潑上一層的墨色，繁星點綴，天氣好得沒話說。

找不出好的理由拒絕，只好悶著氣坐上許暘離的賊車。

不想要顯得不請自來，就算是妾身未明，我也要暫時巴著許暘離，橫豎他無論如何都要接送我的。

若是他中途和那個女生老同學打得火熱，我也能趁著好時機溜了，待會肯定要記得非常無意的替他保管錢包，搭計程車回家的車資就有著落了。

心裡偷偷計算得很美好，忍不住笑逐顏開，恰巧撞上許暘離投射來的探究目光。

我眨巴著眼睛賣萌扮無辜。

他嘴角微彎，把注意力放在前方的路況，「敢偷溜，妳知道後果。」

許暘離左手手指輕敲著車窗，透露出幾分威脅的意味。我臉色一僵，縮了縮脖子，明明是這麼雲淡風輕的話，還是隱約藏著風暴。

又威脅我，我知道後果？我哪裡會知道後果。

不嘗試，就不會知道答案。我轉過頭，也直視前方，不甘願的哼了哼。

聽說聚會地場地是曾經連任的風紀股長闊氣的大手筆，他包下了餐廳鑽石級的包廂。門口甚至豎立起同學會的指示牌。

隆重得讓人有些腿軟。

亦步亦趨跟著許暘離上了樓，透過包廂門上的方形小窗子，能清楚看見人群，約莫有十幾個人吧，我頓時後悔得臉都綠了。

這種消化不良的聚餐果然是吃不得。

「哎唷，Young，捨得帶你妹子來了？」

粗壯有力的手臂自後方伸過來，穿過我與許暘離之間，圈住許暘離的肩膀，爽朗宏亮的笑聲就近在耳邊。

裡頭的人全將視線移了過來，像是被打上聚光燈，我很想一拳打飛旁邊的人。

隨意瞟了他一眼，許暘離卻是看著我，「我們系上大二時候的班代。」

「幹麼不介紹我的名字？」

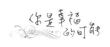

「不重要。」高冷的許暘離大神又出現了。

倒抽一口氣，「你好樣的，這樣傷我的心。」班代浮誇的掩著臉混入人山人海。

愣愣的目送他心碎的背影。一直覺得念設計系的人都跟許暘離一樣，說話不留情面，個性難搞又跩個二五八萬，看來特立獨行的是大爺他。

「所以他的名字到底是什麼？」

許暘離用餘光懶懶掃了我一眼，「我說了妳這金魚腦會記得？」

我一頓，他到哪裡都這樣直白的損人。

進到他們的圈子，許多人蜂擁過來圍繞許暘離，聊著工作近況和設計界流行的走向，有時候會玩笑的調侃彼此幾句，倒也都不過分。

落在我身上的目光隨著時間是有增無減，儘管談笑的話題不是繞著我打轉，還是能夠察覺他們的眼神。

我是如坐針氈，許暘離卻扔了他的外套在我身上，右手習慣性的搭著我的椅背，沒有太過主導場面。

跟不上他們的討論，我靜靜的啜飲著許暘離特地替我加點的抹茶拿鐵，偶爾聽他們說起大學時期的糗事，聽得津津有味。

誰會曉得這些設計系的男神女神私底下是這種樣子。

不多久，溫熱的拿鐵見底了。我苦惱的盯著杯底，瞄了瞄偏過頭在和從前室友說話的許暘離，小心翼翼向前挪了身體，想拿矮桌中間的冰涼果汁。

指尖剛碰觸到果汁壺，馬上被另一隻手擋開，我驚嚇的縮手，許暘離黑黑的眼帶著危險的笑意。

「我口渴。」頂著所有人的曖昧目光，低聲吶吶的說。

心裡默默想像著將許暘離踹飛的畫面。

莫可奈何的扯了嘴角笑我，許暘離又點了些東西，面前也推來幾份甜點和小菜。

朦朧昏暗的暖黃燈光，大家紛紛染上酒意喝得微醺，我卻淪落到只能喝溫牛奶，頭越低，都能清楚感受臉頰上的熱燙。

不敢明目張膽瞪視許暘離，就怕再引來注目。

「Young 你太護妻了，你平常對我們多兇殘。」

「不給小學妹喝涼的，酒也不給碰，是在調養身體準備懷孕？」

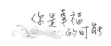

「也有可能只是生理期吧，他們還沒結婚啦。」

有人喝了酒就壯膽，一旦起了頭，八卦就沒有尺度的漫天飛舞起來，沒有避諱的尺度大開。我摀了臉哀嘆，他們都醉了啦。

平常都是受不了聚會氣氛太悶而落跑，沒想到有一天會因為太熱絡而被搞得全身發熱害羞，被酒精洗腦的是他們，莫名的連我也跟著昏了。

撐著化妝室裡的洗手台，壓了水龍頭讓水流出來，沾濕雙手輕拍在臉龐，發紅的臉還是很熱。

他們的玩笑話都太挑戰心臟負荷了，一句話也不辯解的許暘離最不對勁，這是打定主意要我當擋箭牌。

也許是被空氣中的酒香醺得飄飄然，我快被許暘離不按牌理出牌的態度搞糊塗的。

灑脫、自信，這樣的廖琹瑜，遇上許暘離的事情向來都是懦弱的。

我承認我害怕付出，因為對象是許暘離。

反覆深呼吸幾次，仔細打量自己的妝容與表情，確認沒有異狀，便緩步經過長廊要回包廂。

「廖琹瑜？」

甜膩而拔高的聲音在我背後響起，不想回頭卻沒辦法假裝只是陌生的路人，因為來者已清晰的喊出我的名字。

萬般無奈的停下步伐回首，看著突然冒出的女人，不懂我們能有什麼話好說的。

她動也不動，驕傲的睨著我。我也沒有動作，比耐心，我可是被許暘離磨練得很好。

不到一分鐘，她就皺了皺眉，狠狠跺了腳，高跟鞋噠噠的一步步踩近，始終沒放下她不服輸的高傲。

「想問路？前面數來第二間。」沒讓她先開口，堵得她直直瞪著我。

她不甘心的咬了咬嘴唇，「妳憑什麼來參加這次同學會？」

「喔，可是妳好像也不是室內設計系的吧。」

「我是受室設系系學會會長邀請來的。」這句話說得驕橫，幾年都沒變。

一頭霧紫色的波浪捲髮，高眺且背脊永遠打得挺直。她是從室設系轉到藝創系的顏汐，當初喜歡許暘離喜歡得不得了，是公認的相配。

幾乎淡出我世界的女生又站到我面前，她以設計師 Lilyanna 的名字在業界小有名氣。美麗、有能力、單身。

聚集所有人趨之若鶩的特點於一身。

理解的點點頭，不明白她攔住我到底想做什麼，要是她想宣告維持單身至今是為了許暘離，又與我何干。

「妳從大學就黏在 Young 身邊到現在，這樣倒貼很好看？」

抬頭看著她眼底的輕蔑，我沒有說話，她乘勝追擊。

我有些意外她用那麼輕柔甜美的嗓音出這樣的話。

「妳不知道吧，Young 一定沒告訴妳，我現在在他們公司的開發部吧？」

「是沒說。」

「看來妳也不是太重要，他連身邊發生的事都不會告訴妳。」

輕蹙了眉，眨眨眼睛，「他為什麼需要向我報告公司的人事？」

儘管不避諱我知道工作室的運作與案件，然而公司事情就是公事，況且許暘離也不是多嘴的個性，他的懶根本無可救藥。

「如果要說到重要性，妳不就是同事？」

「廖琹瑜妳……妳不用故作鎮定，反正 Young 從來都是玩玩，不管妳待在他身邊多少年，他不會看上妳就是不會。」

彷彿能聽見自己心臟怦怦直跳，我握緊拳頭，感受修剪整齊的指甲嵌入掌心。

平息著凌亂的呼吸，我輕輕扯了唇角，輕輕笑了起來。

「顏汐，不是每個人都會追在許暘離後面討他喜歡。」

她的臉色瞬間變得蒼白，我想我大概也好不到哪裡。

突然有個深色身影走到她和我中間，是許暘離，他淺笑，帶著令人窒息的高傲。

我從他眼底看不出絲毫笑意，不知道是不是室內昏暗使然。

許暘離為什麼會突然出現？

「許暘離。」

最後，還是沒有問他怎麼會來，因為於事無補。

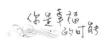

直到顏汐噙著眼淚走開，我終於從乾啞的喉嚨擠出點聲音。但也只是唸了他的名字就頹然的閉上嘴。

他的站姿瀟灑隨意，姿態慵懶。瞇起眼睛像在審視著我。我抿了抿唇，只覺得他眼底的幽深快要淹沒我，他清冷的臉上露出溫和的笑意。

「回去吧。」

「不是吧？這樣就感動了？可是怎麼辦，你以身相許我也不要。」

輕軟的笑聲帶著慣有的嬌氣和浮誇。

卻沒有一如往常的化開兩人間的矛盾與低迷。

他沉默良久，久到我開朗卻牽強笑容快要崩壞。扶著病床床尾欄杆的手指微顫，眼神犀利，沒有什麼血色的嘴唇噙著微笑。

「嗯，反正我們不會在一起。」

他說得很是隨意，像不是訴說與他相關的事情。

可是明明就用了「我們」。

……他就是玩玩而已。

遙遠的意識漸漸拉近。

聲音與畫面都格外清晰，伸出手想觸及的臉龐在非常短的時間內迅速消逝。

最後，留下殘忍又蒼涼的聲息，染著滿滿的不甘。我才發現，我做了一個夢。

高照的太陽照進黑暗的房間，每一處都暖和明亮，眨了眨不適的眼睛。

我不知所云的嘟囔著，厚重的毛毯壓得無法動彈又安全溫暖，緩慢動了動笨重的身體，又要沉沉睡去。

軟軟的手沒什麼力氣，鑽出被窩想拿手機看時間，卻因為實在太累了，落在綿軟的枕頭上，眼睛靠著的地方有微涼的濕潤。

真正完全清醒大概是幾個小時之後了。

睜開眼睛茫然的望著窗外，瞇著眼睛半晌，才適應進入視線的光線，看著日光，約莫是過了中午。

長時間沒有喝水、沒有說話，喉嚨乾澀得發出聲音像隻鴨子。坐起身想要找水喝，抓住被子的手忽然頓住。

「媽呀這裡……」

我為什麼會在看起來這麼像許暘離家裡的地方？

眨了眨眼睛，眼前的景象是現實不是夢，臥房灑入了和煦的金黃日光，溫度真實得不可思議。

我、我到底做了什麼？

昨天是發生什麼了？我怎麼會在許暘離家的主臥房醒來？

快速掃一眼自己全身，幸好，還維持原樣。

冷色系的房間，還有他沐浴乳清香的味道，含混著他的男用香水味，在我鼻間逐漸鮮明了起來。

要是打電話給許暘離包準會被笑死。抱著混亂的腦袋，認真思考，等待破碎的記憶慢慢回籠。

昨天許暘離打斷我和顏汐的「友善對話」，沒打一聲招呼就直接離場，他把我拎進他的車內。

很想提醒他這樣不聲不響的離開很失禮，可是看見他表情冷冰冰的，連氣息都比晚風寒上幾分，我默默閉了嘴。

得罪的又不是我朋友，我在意個什麼勁。

調整椅背到舒適的角度，轉開我放在他車上的韓團音樂，扯過他的外套蓋主身體，決定沒心沒肺的放任這大爺一個人生悶氣。

許暘離的怒氣來去很快，我睡醒他鐵定就沒事了。

接著，我似乎是……可能是……就此睡到此刻？

他為什麼要把我扛進他家？搞得很像被撿屍，他不介意我介意啊。

「這地方不能再來。」下樓出去看到警衛都怕怕的。

光著腳踩上了冰涼刺骨的磁磚，頓時一個哆嗦，反射性的縮進仍然溫熱的被窩，舒服得都不想離開。乾脆等到許暘離下班幫我帶晚餐回來好了！

才想著，肚子馬上不爭氣的發出抗議的聲響，摀住餓扁了的肚皮，神情鬱鬱的坐在床沿伸手撈了許久才找到拖鞋。

餐桌上擺著已經涼了的山藥薏仁。遭我嫌惡的冰進冰箱，紙條上寫著起司蛋餅和薯餅放在電鍋保溫。嗯，這男人有點良心。

歪著身體懶散的斜躺在沙發，一面百無聊賴的轉著電視頻道，這個時間點沒有什麼節目，一邊兩三口的解決食物。

因為覺得沒吃飽，想再去覓食，我蹦跳到窗邊確認天氣。伸手拉起沉黑的簾子，俯視城市街景……心裡想，這讀設計的人居然用這種顏色的窗簾。

放開捏在指尖的布料，不如幫他買一塊新的換上，最好是那種亮黃色的，不然也要買五彩繽紛的印花，氣死他。

隨便拿了件許暘離的鋪棉飛行外套，寬大的外套包在我不太高大的身形，巧的是穿出了很時下流行的男友風。

我有點無奈，搔了搔頭，我是不想被警衛認出來啊。

故作坦然自若的經過大廳，剛走過一條街，一道熟悉又明晃刺眼的身影鑽入視線。我下意識飛快的扭過頭，超市也不去了，拔腿就要往另一街區躲去。

她是我短時間內都不想再見到的人。

「廖琹瑜？」我腳步稍微凌亂，依然抬頭挺胸故作鎮定。

尖銳的高跟鞋聲音匆忙的靠近，「廖琹瑜。」

倏地停下懦弱的逃跑，開始後悔為什麼不好好宅在家就好，這世界其實很小的。

閉上眼幾秒調適心情，我慢吞吞的轉過身子面向她。

她本來睥睨著打量我的眼神驀然一沉，怒火灼熱得像是要在我身上燒出個洞，眼底隱隱泛起不甘願的絕望。

顏汐的疑問間有滿滿的不可置信，說起話來咬牙切齒的。

「妳……昨晚住在 Young 家裡？」

「意外、意外。」

沒有人會相信我的委屈，我就不白費唇舌澄清了。

沒想到的是，她居然直接哭了出來，「我就是不懂，為什麼是妳？就算不是我，在他身邊，比妳優秀的人也多的是。不管是公司裡面還是設計圈認識的，為什麼偏偏他說非妳不可？」

我傻了，腦中亂成一片。眼中看到的，只剩下她一張一闔的嘴巴、暈開的美麗妝

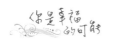

容，以及淚如雨下令人揪心的美麗面容。

聽不進她說的半個字。那樣的心痛似曾相識，我似乎能感同身受她的心碎。

她在街邊哭得那麼沒有形象沒關係嗎？然後，她到底在說什麼？

愣了半晌，我慌亂的從手提包裡找出面紙遞給她。她用力的一把奪去，開了水龍頭似的淚水止不住的往下掉，我馬上就發現那一小包面紙不夠用。

「妳……」哭完了嗎？我的個性中缺乏「安慰」這項技能啊。

「妳就是這樣欲擒故縱，Young才對妳念念不忘嗎？」

「我？」

「他從來不會浪費時間對任何人解釋什麼事，因為妳……就是為了妳，他小心翼翼的向我道歉，耐心回答我的問題，還好好的跟我道別。

「廖琹瑜，我說這些不是要祝福妳，我討厭妳。」顏汐吸了吸鼻子，崩潰的情緒終於和緩下來，帶著濃濃鼻音說出的話認真又孩子氣，「我要說，妳真的很幸運。」

失神的沿著走過的路線回到許暘離的住處。

被顏汐衝上來天外飛來一筆的丟下迷霧般的訊息，我遲遲接不上一句話，只能看她最後依舊高傲的抹掉眼淚，踩著娉婷的腳步離去。

定定的站在原地許久，她的一字一句在我心裡來來去去交錯，在腦海中翻騰，卻石沉大海似的找不出真相，理不出線索。

恍恍惚惚的走過電梯間，走上樓梯，爬過幾層樓，不知道是因為血糖低還是那些話導致我腦袋渾沌，「兩情相悅」這個詞不斷晃過。

不可能，他明明狠狠拒絕過的。

許暘離不會喜歡我，十一年來，他明明女朋友一個換過一個。

每一次，我都傷心得像重病患者不得不一再忍受疼痛，習慣之後就了解，再痛也不過如此。

我不是不知道愛上他會受傷。然而，我也從來沒想過，和他跨越友情的界限後會有多痛。我不過是太在乎他而已。

要忍住，忍住不去破壞平衡。

要忍住，忍住左胸口的悸動。

我不愛他，一點也不愛。

墜落是電光石火間的速度與措手不及，腳下一滑，迅速機警地伸手要抓住扶手，下一秒視線強烈的晃蕩，我認知到自己又從樓梯上滾下了。

「好痛……」

輕輕的抱怨聲音剛出口已經哽咽，一滴清淚掉在摔出瘀青的膝蓋上。

完蛋，要是找許暘離救援，我肯定又要留下一個受傷的把柄在他手上，要是找蔡蔡，她又要咆哮著問我是不是有什麼姦情隱瞞她。

左右為難，用了兩分鐘時間給自己打氣，再用五分鐘時間對蔡蔡長話短說我的處境，報上了住址，疲憊的結束通話。

接著便安心平靜的微微闔上眼睛，縮在牆角邊坐著，混亂的腦袋瓜靠在牆上，睡意侵襲殘存的清明意識，醒醒睡睡，不知道過了多久時間。

恍惚間，噠噠噠奔跑的腳步聲由遠而近，像是迴盪在長廊的回音，逐漸在耳邊深刻清晰。

「廖琹瑜。」一個重重的力道扶住我的肩膀，聲音聽起來有些緊、有些啞，來回反覆只叫著我的名字，「廖琹瑜。」

好吵！幹麼？

動了動眼皮，見到近在咫尺的臉，我錯愕得抖了兩下。怎麼會是許暘離？

蔡蔡故意的啊……到嘴邊只剩下囁嚅的音量。

「喔，我、我睡著了。你怎麼來了？」

「靠在這裡也能睡著，我差點以為妳……」

冷硬的聲線非常急切，從來嘴賤都不帶髒字的許暘離破天荒問候我一句，低著頭看我。他面若寒霜，細細檢查我身上的傷處。

三處瘀青，還有左腳扭到了。

他皺眉，微涼的手指扣住我紅腫的腳踝，「怎麼摔的？」

「就……踩空啊。」

「走過幾百次的樓梯還能摔，妳小腦沒長好嗎？」沉沉的語氣染著幾分嚴厲，格外明顯的還是他一貫的嘲諷。

我心想這個人是有什麼毛病，摔痛的是我又不是他，居然衝著我發火。

冷眼掃過我不服氣的倔強表情，我略有所感的縮了縮脖子。他不想再廢話，彎身俐落的攔腰抱起我，我連忙伸長手攬住他的後頸。

他的氣息和我的彷彿彼此相融，耳畔不合時宜的聽見那些持續困擾我的話，朦朧的甜蜜在胸口發燙。

「許暘離你幹麼臭臉？」咬了咬嘴唇，盯著他的側臉和下顎。

「因為覺得妳很笨。」

瞬間意識到這評斷很污辱人，拽著他衣領的手緊了幾分，「我笨干你什麼事。不對，我哪裡笨了！」

「妳笨我會很辛苦。」嫌棄我的意思。

沉穩的抱著我踏了幾層階梯，進電梯正要騰出手來按樓層，我搶先一步抬手按下二十一樓，恰好對上他陰沉的眼眸，又氣虛的收回飄移的目光。

我剛剛居然打算爬樓梯走上二十一樓嗎？果然腦袋吹風吹壞了。

「妳倒是知道自己剩下的用處。」

「我是怕你把我摔了。」

「有危機意識。要是摔了，電梯恐怕會往下掉，我們都會受困。」

默默閉上嘴，不再試圖跟他良性對話。

進到屋裡，我傻愣的坐在沙發上，待在熟悉且暖和的室內，看著許暘離從出現至今都沒有和緩下來的臉色，暗自吞了吞口水。

冷色系的裝潢與色調，為這種時刻增添沉寂與凝滯的氣氛。我重新嘗試開口。

「不用去醫院嗎？」又有好一段時間不能活蹦亂跳了。

「浪費醫療資源。」

好吧，這個人真的很難聊。理性與和平，都是浮雲。

用一條浸濕的毛巾包住冰袋，修長好看的手指扶著我的腳踝冰敷。突然的涼意讓我的腳微微一縮，卻被他牢牢抓住不得動彈。

看著他剛毅的臉，同樣是看著自己愛情的倒影。

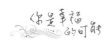

為什麼偏偏是他？明明只要推開就好的。一個人從陷入到墜落，也許是如此刺骨難捱，但是未來總能釋然，不論要花多少時間。

喉嚨忽然像被哽住一樣難受，低聲地說：「許暘離。」

我怎麼問得出「你是不是有可能，有那麼一點點喜歡我」這種話？

如果答案是否定地，廖琹瑜與許暘離的世界會崩解的。

「顏汐來找妳？」低沉的嗓音聽不出喜怒，卻換了個話題。

我怔然，指尖微顫，「你怎麼知道？」

「她今天早退了。」

「就這樣？」

他的表情有一瞬間的不自然，抬眼緊盯著我，「應該是我才有資格質問妳。」清俊的臉被日光燈映照出一層光輝，眼神十分霸道。

「憑什麼……」我霎時頓住話語，輕哼了哼。

「妳是自己摔的還是被人推的？」

「啊？」看見他眼底的認真與冷酷，我結結巴巴急忙解釋，「我自己沒走好摔倒的，我哪有那麼好欺負，你不要誤會別人。」

凝視片刻，許暘離收了手，不客氣的嗤笑，「也是，要像妳這麼粗魯的女人也不多了。」

沒有反駁與控訴，眨眨眼睛，好像可以聽見自己的心跳。

他在擔心我，而且眼底流露的釋然，一定不是錯覺。

❀

大學校園裡，因為嫉妒而耍幼稚手段的人仍然很多。

這些人是鐵了心要整我。

起初說是替許暘離傳話的謊話沒成功，再用蔡蔡的名義約我，甚至臉書私訊說社團的事情。到最後，直接一群人在湖畔堵我。

摔傷的腳正在復原。我走起路來還一拐一拐的，看得出來受過傷。那些女生的冷嘲熱諷不會讓我灰心，都是無關緊要的人，我才不放在心上。

沒料到右邊肩膀被推了一把，失去平衡感的我竟輕易掉進水裡，她們也傻了。

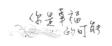

許暘離英雄救美的戲碼嚴重誤點，我艱難且難堪的拖著濕淋淋的身子上岸，凍得全身打顫，耗盡力氣跌坐在湖岸邊。

「妳們在做什麼？」

冷硬的聲音恍若北方吹來的凜冽氣息，冷到骨子裡，飄過耳邊也會有疼痛的錯覺。經年累月，他的淡漠與氣勢只有越發狂妄。

偏偏就是能騙倒一群無知少女。

向來盈滿輕佻笑意的桃花眼，此時空洞得彷彿要將人吞沒，像是緩緩吹出冰雪，沉沉的情緒，最終化為巨大的怒意，漫天籠罩下來。

許暘離的情緒是不輕易外顯的，完美無瑕的理智，時刻都笑得恰好又疏離。

我狼狽的臉色僵硬了起來，扯不動不受控制的嘴角。我暗忖，大概是凍得有些顏面失調了。

喉嚨好乾澀，我咳了咳，喝到湖水的感覺讓人反胃。抬手揩了揩眼角不由自主泛出的淚花。此刻氣氛的壓迫感實在比掉入湖水的驚恐感覺更強烈。

「暘、暘離……」

帶頭的嬌滴滴系花眼裡瞬間蒙上水氣，欲語還休的模樣楚楚可憐，明眸中倒映著許暘離的冷漠表情。

「喂，我說廖栞瑜，妳現在是在假裝被害嗎？都說了幫妳過生日，妳還叫妳朋友去請 Young 過來看這一幕，妳什麼意思？」

「是嘛，居然設計我們跟妳演這場戲！根本故意要讓顏汐被 Young 誤會，真是太有心機了！」

「就是！連自己最好的朋友都利用，心機也太重了吧。」

許暘離，你的愛慕者都這麼腦殘你知道嗎？

眨了眨眼睛，這一來我不但成了主事者，整件事情也被巧妙扭曲。正兀自佩服她們的自導自演，卻忽然打了個噴嚏。

冷得頻頻打顫，我仍不願意示弱，牽強的抬起抖得不像話的手，揉了揉冰涼的鼻子。

大概是腦子進水了，我居然有點想哭，委屈的感覺漲潮一般排山倒海的湧上來，讓人重新體會一次沉入水中的虛弱無力。

四肢灌了鉛似的沉重，視線矇矓而晃蕩。

我有多久沒有這麼難過了？

摔斷腿時都沒有掉一滴眼淚的我，現在脆弱得不可思議。

啞著嗓子喊了抱著手臂在一旁靜待好戲的蔡蔡，才赫然發現我的聲息哽咽到快要滴出水似的，「蔡蔡妳這死沒良心的，過來扶我一下。」

「喔、喔好。」我不忍怪她的呆愣。

垂著沉重的腦袋，好似有隻手狠狠捶打著的暈眩感，又像有人不斷拉扯頭髮的抽痛，虛軟的手撐著額際，我不再吭聲。

廖琹瑜跟許暘離是什麼關係？

這個無數人質疑的問題，同樣反覆折磨我。一邊是火烤的溫暖呵護，一邊是透涼的決絕疏離。有些人只要給你一點關心，就會讓你願意為他死上千百回。

這個高深莫測的男人，明明說著「我們絕對不可能」，卻老是能抓準敏感細膩的時刻與神經，溫情浪漫到讓人痛心。

我的知覺彷彿漸漸抽離，再感知不到眼前的一切，指尖細嫩蒼白的皮膚狠狠劃過尖銳的邊緣，薔薇花似鮮紅的血落下，一滴、兩滴。

湖水、眼淚、血，鮮明的色彩和畫面都刺痛了我。

「看著我。」

沒預料這低啞深沉的嗓音會對我發話，驀地艱難抬頭。

淚水抑制不住的在許暘離面前掉落，我不想，卻別無他法。

「暘離我真的……」

他沉穩的目光一緊。柔若無骨的聲音一碰觸低迷的空氣便停住，顏汐手足無措的凝望許暘離的背影。看見許暘離隨手褪下外套搭在我肩上，拳頭不著痕跡的緊握。

誰都知道許暘離有嚴重的潔癖。

展現得淋漓盡致的一次，是某一任女朋友擅自穿了他掛在椅背上的外套，他一樣笑得溫暖漂亮，卻說衣服不用還他了。

那是知名品牌的美國限量版外套啊。

不久後，也傳出那個女生莫名其妙被分手的消息。

可以想像我又要引起人神共憤的議論，明明頭痛欲裂，卻越是想起無關痛癢的事情。

「你扶我吧。」我努力讓自己不要那麼軟弱難堪。

這種時候還顧著自己的驕傲，我就是這麼無可救藥。

因為他是許暘離。我的軟弱最不想讓他看見，可總是在他面前最真實狼狽。

眉頭微微一皺，俐落的攔腰抱起渾身濕透的我，沒給我拒絕的機會，因為他幽深的眼裡承載太多不悅。許暘離在經過那群女生的時候開口。

「還有，妳們弄錯了一件事。」在所有人茫然無措的目光下，許暘離薄唇微啟，語速緩慢一字一頓，「廖琹瑜一直是過農曆生日的。」

沒錯，國曆生日什麼的……不對啊，他掀我的底做什麼？

誰敢跟我提我的國曆生日，我就敢問後他祖宗十八代。

十一月十一日，光棍節，真是讓人很難輕易說出口的日期。

縮在他寬厚的懷抱裡，仍能感受到貼著身體的沁心濕潤，他臂彎裡的溫度暖不了進水太久的冷。我想用力戳他的胸口一下，可惜累得失去力氣，看起來竟然像是調戲的觸碰。

他低頭瞧了我一眼，齜牙咧嘴的表情似乎逗樂了他。

許暘離開始正視他與廣大前女友分手之後的關係。我不承認那溫暖到隱隱作痛的心情。

這一摔，我又當了好幾天的米蟲。

許暘離充分展現出婆媽的一面，嚴格勒令我待在家裡休養，小題大作的程度，不知道的人還以為我是殘廢了。我都能想像 Jim 聽見只是扭傷腳，在電話那頭敢怒不敢言的模樣。

終於捱到有一天，許暘離中午有重要會議，沒辦法幫我煮飯，剛好也沒有前一天的剩菜可以熱來吃，剛打聽到他替我訂了外賣，我趕緊打電話取消。

我起身到落地窗前，拉開不透光的暗色簾子，沐浴在燦亮的陽光裡，空氣的味道是清新香甜的，連冷風都溫柔起來。

我是真的很久沒出門了。

點開通訊軟體裡和蔡蔡的聊天室，發訊息要她到對街的咖啡廳。我快悶死了，必須找人好好抱怨，好好呼吸新鮮空氣。

好幾天走路都跛著腳。現在還沒有完全恢復，有點邯鄲學步的處境。

「所以妳這幾天都住許暘離家？」這問句聽來正常，就是她的語調很猥瑣，眉眼間全是曖昧和調侃。

捧著熱抹茶拿鐵，舒服的熱氣沁入微涼的鼻腔間，我的神情憾憾，皺著鼻子輕哼幾聲。但是，蔡蔡大小姐不樂意了。

「妳特地叫我出來就是看妳這副死樣子？到底發生什麼事？妳那天怎麼會在他家樓梯間摔倒？我記得妳好像提到了那個三八設計師。」

「妳那麼多問題，我要怎麼回答？」我嘟囔著。

「一個一個回答，從頭說到尾。」

被蔡蔡一字一頓的口吻一嗆，我眨眨眼睛，接著長話短說的一五一十交代近日的起承轉合，巧妙略過非常沒面子的幾件事，盡力強調顏汐沒頭沒腦砸到我頭上來的指責和控訴。

我一個人想不明白，也許旁觀者清。

「好，妳只需要先回答我一個問題，很誠實的回答我。」

聽她在誠實兩個字加重了語氣，我頓時繃緊神經，鬼使神差的重重點頭，心裡卻是發慌，完全沒有方向。

蔡蔡優雅的翹起腳，忽視我的緊張，慢悠悠開口，「妳到底有沒有喜歡過許暘離？又或者說，妳現在還喜歡許暘離嗎？」

要不要一開始就這麼露骨。

輕輕斂了斂表情，從來都是在心底壓抑和逃避這份感情，就怕腦袋一熱，毀了所有交集與平衡。

可是，什麼時候開始，一切變得荒腔走板？

不自覺拽緊的手指，指節泛白，聲音輕輕低低的，像是一陣綿長的嘆息，卻又異常彆扭和害羞。

「我從來沒有否認過我喜歡他。」至少沒對蔡蔡否認過。

她狠狠倒抽一口氣，舌頭都要打結了，「妳妳妳，還真的……」

「妳會這樣問，不就是有把握我會說是。」

「我還是沒料到妳會承認嘛。」就是這麼不相信我的人品。她又恨恨的補一句，「妳是沒有否認過，因為每次說到，都會被妳轉移話題。」

「喜歡就喜歡，我堂堂正正的，為什麼不敢承認。」

「妳有膽就去他們公司或在大學和高中群組大聲說，我就稱讚妳英雄。」

我氣勢立刻就弱了下來，「大姊，這樣玩太大，我輸不起。」

外頭天色漸暗，夕陽的光芒照進咖啡廳裡，店內也開了幾盞吧台座位的吊燈，角落歐式風格的造型燈也亮起。

此時，左胸口的怦然，在好友面前赤裸裸的攤開，讓人無所遁形。

緩緩將臉埋進手掌，避開蔡蔡的探究。她眼睛裡溢滿調侃，不用想也知道我會被這女人笑死。

「原來還真沒有人能對許暘離免疫啊。」

我捂著臉咕噥，掀她的底，「妳高二時也跟我說喜歡他。」

「年少輕狂，總會有鬼遮掩的時候。」滿不在乎的坦蕩著實讓人記恨。她的聲音是飛揚的，「只是妳這個看透許暘離所有劣根性的人還是沒能倖免，可見我們許暘離先生多有前途。」

「蔡淳翁小姐妳又站錯邊了吧。」

「咳，我是讚美妳的眼光和包容性。」

這女人太讓人無語了。

「妳這是一波未平一波又起啊。」

蔡蔡掏出她從東南亞買回來的鱷魚皮化妝包，揀出眼線筆就對著手機螢幕勾勒起來，駕輕就熟的優雅舉止搭襯著隨意的語調，實在忽略不了她過分強烈的幸災樂禍。

這時候要哀嘆交友不慎也來不及了，她的脾氣我算是摸透了。也是將近十一年的情誼，她就是不鳴則已，一鳴驚人的惜字如金。

深深呼吸，做足了心理準備，我惶惶然追問，「什麼意思？」

她已經轉而拿起氣墊粉餅補妝，臉上沒有絲毫波瀾，語氣卻是抑揚頓挫分明，只差沒有抬高八度。

畢竟沒人會在上妝時咧嘴笑或皺眉的。

「欸，別裝傻了，妳怎麼可能不知道，就算他沒有主動聯繫妳，妳一定也會從許暘離那邊聽說吧。」

「聽說什麼？妳說誰？」

心底已經有個答案沒來由的呼之欲出，穿透雲層似的回憶，鐘響似的敲在心上。身體一僵，一陣涼意彷彿透過輕輕貼觸玻璃杯的指尖竄滿全身，耳邊嗡嗡作響，仔細從蔡蔡一張一合的嘴型辨認出幾個字。

「徐欣啊，他回來了。」

徐欣。徐欣回來了。

相隔八年的時光，八年，你走遠了，但是，我也沒有停止腳步。

我們選了各自不同的路線，早就奔赴人生的下個路口，在曾經交會的轉角相愛，直到分開。

直到越走越遠。

乾咳了幾聲，我拉回自己悵然飄遠的思緒，「妳從哪裡聽說的？他告訴妳的？」

「他告訴我？」蔡蔡嗤的一笑，「小廖妳太看得起我了，我們高中的時候徐欣根本只把妳這個女朋友看在眼裡好嗎。」

我眨了眨眼睛，不能理解。那怎麼會……

蔡蔡一副敗給我的樣子，用力拉上化妝包的拉鍊，依稀能聽見隨風飄過的聲響。

「妳自己當初不願意加入任何高中同學的群組，所以一次同學會也沒參加，最重要是還連累我每次都被逼問妳的行蹤和發展。」

「沒繼續跳芭蕾的事我說不出口啊。」

「就為了這件小事，妳拒絕接觸所有人，真有妳的。」

「這哪是小事，不是不跳，是不能再跳，這也是有一段差距。」

「說到底就是許暘離的錯吧，犧牲妳一個前程。」

知道蔡蔡的心直口快，沒有惡意，可是我沒辦法視而不見陡然扎在心上的刺痛。連知情親近的蔡蔡都是這樣認定，我不敢想像說出口後別人會怎麼想。我不願意看見任何可能傷害許暘離的事發生。

瞳孔猛然放大，我罕見的喝止她，「蔡蔡。」見她輕輕抖了一下肩膀，我頓時心軟，放低了無奈的聲音，「這種話以後不准再說。」

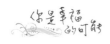

「知道了，妳和他也牽扯太久了，什麼時候演到完結篇記得告訴我啊。」

「別說這個了，所以是徐欣自己在群組說的？」

「哪有可能啊，就憑他那個跟他表哥一樣的破個性？」她又趁機罵了許暘離，「是有人說在路上見到跟徐欣很像的人，一直在群組問徐欣是不是回來了。大概是覺得煩了，他就傳了個貼圖還有一張高中學校的照片。」

很像他會做的事。悶騷，徹徹底底的悶騷。

微微皺起眉頭，還是感覺很不真實，「什麼時候的事情？」

她掰著手指頭，最後索性翻出對話紀錄。半晌，才轉過螢幕讓我看，指甲敲了敲時間顯示，「一個多月了。」

「喔，原來。」許暘離的確沒有告訴我。

「妳還真的不知道啊？這城市這麼小，也沒遇到？」

「難道妳就遇到了？」

蔡蔡難得被堵得說不出話來，撇撇嘴，咬著吸管瞪了我一眼。

若無其事的轉移視線看向店內的裝飾燈，悶悶的撐著下巴，盯著蔡蔡飲料杯內的冰塊緩慢消融，離散的都是回不去的關係。

在悠長的沉默中，我終於開口，輕聲到幾乎是一說出口就消散在空氣中。

「不管是前男女朋友，還是高中同學，」在亮晃晃的燈光下抬眼，咬了咬下唇，「都不會是見面的理由。」

所以，不會有找尋，不會有問候，最好也沒有巧遇。這次的我們，不要再有交集。

高三鳳凰花開的時節，我把青春予你，最親愛的你。

最後，我們用別離扼斷愛情的延續。那份愛情從此停留在廖棸瑜和徐欣的十八歲。

終章

許暘離又見證了一次我驚人的酒量，差到驚人的酒量。

我瞇起眼睛，眼前的人物與景象都晃個不停，依稀看見長得很像蔡蔡的人站在三步之外，似乎拿著手機在跟誰講電話，不時偏過頭看我。

我揉揉眼睛，想再看得清晰一些。她走近，撐著我虛軟的身子，這樣的近距離讓我能聽見電話那頭低低的聲音，也可能是蔡蔡開了擴音吧。腦袋很沉，似乎壓了一頂甩不開的帽子。

「許大少爺，要不要過來接你家小廖？」

「廖琹瑜跟妳出門？」清冷的嗓音絲毫沒有掩飾倨傲與危險的氣息。

身邊的蔡蔡握著話筒有點汗顏，嗆咳了兩聲。她搔了搔臉，大概是在想著，要是接著告訴電話那頭的人說我們在酒吧，她和我會不會見不到明天的太陽。

我讀懂了蔡蔡的遲疑與惶恐，約莫能猜出話筒彼端是誰，那個討厭鬼怎麼那麼陰魂不散！「蔡蔡妳打電話給他幹麼呀……我可以自己回去……」

賭氣的話語口齒不清的。蔡蔡壓了太陽穴，可能也是喝多了頭有點痛。我伸長了手要抓過她的手機，卻沒有抓到。我皺了眉頭，不自覺嬌氣起來。

「把、把電話掛了啊！蔡蔡我們一起回家啊！」

「小廖妳別吵，我真的會被妳害死。」

電話另一端的人短暫沉默後，不耐的聲息更加冷硬幾分。我沒聽清說了什麼，只看見蔡蔡寒得打顫，「都、都怪小廖，我哪知道她酒量這麼差，居然趁著我回訊息給男朋友的時候埋頭喝得爛醉，不到十分鐘耶！」

「嗯，所以妳們在哪？」

「在、在……那個……」吞吞吐吐的，看來蔡蔡是不知道怎麼說才好。

我眨眨眼睛，昏沉的感覺更甚，我覺得從話筒傳來的聲音分外好聽，一時間又想不起在哪裡聽過，記憶與精神都變得飄忽，不明白蔡蔡在磨蹭什麼。

最後，蔡蔡用了豁出去的氣勢，飛快地報上店名和地址，沒敢等對方回覆半個字，手指俐落的在螢幕按一下切斷通話。

我單手撐著像灌了泥水的腦袋，蔡蔡反覆吸吐著冷空氣，好像心跳得很快。聽見她咒罵一句，「我這是招誰惹誰了！」

不知道過了多久，夜晚的涼風不斷拂面，吹散了不少酒氣與眩暈的感。

可是，我應該還是醉著吧，不然怎麼會看到許暘離呢？

一步一步，最後一步，許暘離停我眼前，許久沒有動作聲音，忽然拽起癱在公共長椅上的我。我不勝酒力，身體有氣無力，大概是因為爛醉如泥，顯得比平常還重一點，他一次沒拉起我。

像個耍賴的小孩子，我可憐兮兮的垂著腦袋，渾身都沒有力氣，柔順的長髮遮住我大半邊的臉，能聽見沉重渾濁的呼吸。

「廖琹瑜，回家。」

「回家啊？」

我只是喃喃複誦一遍，歪過頭還在奮力理解兩個字的涵義，抬頭迷茫的盯著他。眼底濕漉漉的，他的細微的表情都是朦朧的，清楚可見的是他眼瞳裡倒映的我，像被傷透了心，又或許不過是我在消化自己的心情。

他的眼底泛起漫天的複雜情緒，彷彿被狼狽的重擊一下。

他抿了唇，脫下外套蓋在我身上，使勁攏好，怕我掙脫。握住我手腕的力道放輕了一點，似乎捨不得用力。行雲流水的動作稍停，他回頭瞟一眼噙著笑看好戲的蔡蔡，目光有點冷。

蔡蔡是多機靈的人，乾笑著，甩著包包輕快的離開。

突然有股被丟下的感覺，我皺了皺鼻子，想掄拳毆打眼前的人，都是他害蔡蔡走掉的。仰首要用鄙視又厭惡的眼神瞪他，他同樣低下頭認真看過來。我一驚，這人長得太好看了，伸手不打笑臉人啊。

我一雙眼睛亮亮的，笑容柔柔傻傻的，見了帥哥就忘了生氣，他指尖一頓，我想，大概是我太不矜持了。

「妳醉了。」

「醉了啊。」

眨眨眼睛，一味盯著他，像在辨認什麼。不論來回打量多少次，依舊覺得這男人很有成為禍水的潛力。他說了什麼，我是完全沒聽懂。

這男人傾身上前貼近，我們兩人的氣味爭相湧入我鼻間。我身上隱隱有水果酒的香甜，和幾種調酒微醺的芬芳，還有慣用的香水清香，他卻是帶著清涼的薄荷香味，和在一起，竟意外的相容。

他指腹摩娑著我發燙的臉頰，朦朧路燈下應該能清楚看見我異常漲紅的臉色。

「以後再不能讓妳跟蔡淳翕多待，完全被帶壞了。」

「嗯？」

他忍不住彎了手指彈我額頭。莫名其妙挨了輕盈一下，沒感覺疼，我輕哼一聲，用量滿霧氣的眼睛瞪他。

因為靠得很近，我彷彿能聽見他的心跳如鼓。沒等我開口說嘲笑他的話，他湊上前，咬了我嘴唇一口。

霎時不能意會他做了什麼，眨了眼直衝著他明媚微笑著。

他一愣，抿抿唇，稍微退開一小步，抬手摀住自己的眼睛。沒有放開我的這隻手收緊了幾分，似乎在壓抑著情緒。

「能走路嗎？」

聞聲，我立刻傻乎乎的露出笑臉，這個人的聲音簡直無從挑剔。他揉了揉眉心，「醉鬼都是不可理喻的。」

乾脆蹲下身，手往後拍拍我的腿，眼神示意我趴上他寬厚的背。趴在他的背上，我開始不怎麼安分。不時扯扯他的頭髮，或是蹭蹭他的肩。

醺然的溫熱氣息持續飄散開來。像是潮濕的水草綑綁著他、困擾著我，溫軟而淚意。

他的手鬆了幾分，突如其來的一晃讓我警醒，我趕忙更加用力環緊他的頸項，我得抱住最後一根救命浮木，不能讓他扔下我呀。

顯然我的力道不輕，一面拍拍我的手背，他輕咳幾聲。

我不依不撓，因為夜色太靜，「你是誰呀？誰呀、誰呀？」

「別吵。」

「你要帶我去哪裡呀？」

讓他背著我走了一小段路，晃得我有些昏昏欲睡。感覺自己軟弱無力的身體被輕輕塞進車子前座，我不能適應這轉變，觸電般要起身，隨即被按回座椅上。他彎身替我繫上安全帶，勒得我不太舒服，剛要去拉扯，馬上收到他的眼神警告。

我委屈的癟了癟嘴，瞇著眼睛，胸口躁動著不受控的念頭，伸出微顫的手拉住他的衣角，猛然衝動的吻了上去。

濕潤的唇軟軟的、暖暖的，連輕淺的笑都像冬日裡的晨曦。

蜻蜓點水的觸碰，餘溫卻是最浪漫而繾綣的痕跡。

我看他深邃的黑眸，無辜的嘟囔，「剛剛是你先咬我的喔。」

他看起來要吃人的模樣，我努著嘴，識相的縮縮脖子。

淡漠的神色動了動，眼眸沉得彷彿捲入太多心事情感。他靠得極近，額頭微微抵著我的。

沒多久又我又開始不正經，有點坐不住，咯咯笑了起來，伸出綿軟無力的手打他，沒有碰到卻被一把抓住握在他手心。

「回家啊，回家啊。」

眼前這男人退開，關上車門。我趴上車窗，看他靜靜呼吸了冷風中流動的新鮮空氣，靠著車門的高大背影昏暗，右手握拳抵住前額，似乎在壓抑著幾欲失控的情緒。

我低眉斂眼，思緒被酒精沖散，恍恍惚惚，相似的場景勾引起相似的記憶。高三那年，我也是藉酒澆愁。許暘離遇上我就是個大災難，老是必須跟在後頭幫我善後。我對他從來都是不假辭色又張牙舞爪，不常主動親密貼近。因為我怕會習慣了他這樣的包容，我必須堅強，不能太依賴他的照顧。

所有人他都能拿捏掌控，大概只有我讓他很傷神吧，像個燙手山芋。

他忽然偏過了頭，高三那年的許暘離和眼前的他重疊了面容，我只見他煩躁的瞇起眼睛，迎向撲面的晚風，長吁出一口氣，幽微燈光下，他的臉明暗不定，閃過自我嘲諷的神色。

平常腦袋清醒時就猜不透他，這時的狀態更別想猜出一絲端倪。

聽見駕駛座車門喀一聲開啟，他回到駕駛座。有根心弦像被扯動，揉揉鼻子，我歪歪的靠著窗子佯裝睡熟。他無奈的替我調低椅背，小心翼翼將我的頭靠好，在我身上蓋好他的毛料長風衣，做了全套照顧人的行動。

我忍不住眼睫微顫，其實沒有醉到不能辨清真實與想像的程度，暈呼呼的，可是關於身邊這個男生的記憶開始比現實真切，他存在我很一段長時間的回憶裡，割捨不了，也難以切割。

稍微挪動姿勢，側躺著背對他，我掀開沉重的眼皮，長街小巷的光線都是微弱的，遙遠的星光點點，近處人影寥落，看起來分外寧靜。

車子裡是讓人深陷的溫馨。許暘離不時伸手過來拂過我的臉頰與手背，內心不禁悸動，又不敢被他看出來。想起高三時喝醉酒的荒謬行徑，這次倒沒有那時候那麼鬧事，上次幾乎要手舞足蹈起來，抓了空蕩的酒瓶，朝他露出悲傷的笑，他耐心哄了大半天才讓我靜下來。

是不是這份獨特的寵溺讓我習慣自己對他的感情，誤以為這份暗戀不是不會開花的枯苗，誤以為他的縱容是愛情的回報。

所以，變得得寸進尺，揮霍他的耐心。

閉緊了眼睛，任由一行清淚滑落，腦袋與心口都堵塞著，讓我快要窒息。

不知道車開了多久才才停下，我的感官與理智都被酒精浸染得遲鈍。許暘離繞過來幫我開了車門，我假裝是從熟睡中睜眼，眨了眨沾著淚水的睫毛，視線慢吞吞落到他清俊的臉上。

他妥協的配合我的高度，蹲在車前，一手扣著車門把，一手撐著椅背。

我又眨眨眼睛，逐漸藉著光線看清他臉上的每一個細微處，「你是許暘離呀。」

「不醉了？」他揚眉，心情很好，似乎鬆了一口氣。

「你家啊？怎麼是你家啊？」

許暘離露出無奈又認命的神情，帶著不合理的溫柔。我側了身往外探頭，嫌棄的瞪著許暘離，他幹麼擋著路？

他失笑，居然沒有發脾氣，「忘恩負義的女人。」

一陣冷風竄了上來，吹進先前因為酒氣躁熱而扯開的衣領。我一個打顫，蹙起眉無辜的瞅著他。

「快上樓進屋。」

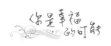

「背我啊，背我，好冷喔。」矜持啊、臉皮啊，我今天什麼都不顧了。

「真該把妳現在的樣子給錄影下來。」

他用清冷黑亮的眸看著我這醉鬼的傻樣，和頤指氣使的任性，看他好氣又好笑，認分的再次用厚實的背對著我，我也毫不猶豫的軟軟趴了上去。

撒嬌的環住他的頸項，吆喝著要他奮力前進。我本能的攀緊他，怕被他棄置，心底卻知道他不會的。

同情和疼惜是一線之隔，我希望他對我永遠都不是同情或憐憫。

他托著我的身子向上抬了抬，左支右絀的按下遙控器鎖上車子。

遇上和善體貼的警衛幫忙刷了電梯感應卡，我醉歸醉還是很要面子的，將通紅的臉埋進許暘離的肩窩，避開警衛一副「我懂」的過來人表情。

感受許暘離身上很讓人迷戀的氣息與安全感，忽然鼻子有點酸，熱淚盈眶。淚水最後滴落在他肩上。他明顯手臂一僵，想透過鏡子看我，我一閃，電梯門正好叮地敞開。

一陣艱難的轉開門鎖，許暘離一腳踢開門，先將我放在客廳沙發上。看他疾步要遠走，我阻止他要去開燈的動作，抓住他的手腕，很緊很緊的。

有一股非他不可的執拗強硬起來，我一定是太醉了，那麼不顧一切想要擁抱他的念頭一定是錯覺，不能放任它自由生長。

「我去開燈，再給妳倒杯水。」他溫聲解釋，前所未有的溫柔，我卻紋絲不動，快被此刻的溫情燒灼，「妳喝點水再繼續睡。」他低聲道。

聲音掠過耳畔，激起一陣戰慄，靠在他身旁的我格外嬌瘦。

「許暘離……」沙啞的聲息有濃濃的哭腔，反覆呢喃如同魔咒的這三個字，「許暘離。」莫名的固執喊著，我看不見自己落下的眼淚，但是打在手背上的感覺卻是極為清晰。

滴落的細微聲響彷彿回響起滿室的悲傷。

他長長嘆氣，他順勢坐在沙發扶手上，攬過我輕顫的肩膀，像是擁抱了我所有的脆弱。

原來我喝醉了就愛哭。

敏感的嗅到空氣裡有股混亂的低迷，好似有什麼在坍塌。

仰起掛著淚痕的臉，儘管眼前是黑暗模糊的，依舊可以強烈感受灼熱目光裡的明豔，我的心臟快速跳動，我感覺到他也一樣。

越是飛揚輕快的笑意，越是難以喘息逼近。

心裡的堅持在崩潰，無助感作祟。聽著他溫軟的聲音，腦袋太多畫面閃過，明明滅滅。令人喘不過氣。

想笑，偽裝掉下來的淚，他卻在黑暗中抵上我的額頭，讓人無所遁逃。

不願意一直庸人自擾。有些人是一輩子都害怕會忘掉，有些人是一輩子想忘都忘不了。反反覆覆來來回回，到此刻還是不明白，現在的我，究竟在等待和期待怎樣的結果。

我知道，有很多事，我不說，許暘離或許也懂。但有些話沒說白，我自己是弄不懂的。

像是醞釀許久似的，低啞的聲音像濺起的水花，有些飄忽，可是是如此切實，迴盪在兩個人之間。

「有一句話，我一定要告訴你。」

許暘離準確的拂去我接連不斷的淚水，用能夠撫平我所有不安的語調，「說吧。」

他一定猜不到我要說什麼，他的輕鬆灑脫都成了我心裡蔓延的悶痛，我想止住呼之欲出的心意，卻事與願違。

「今天如果是四月一日就好了，如果失敗了也不會被笑吧？如果失敗了，你還要給我很大一筆贍養費耶。」

他始料未及，強烈錯愕的僵直了身子。我輕軟的聲音近在咫尺，毫無落差的嵌合在兩人的距離間，包覆著多年的心意，美好得像是夢境，笑起來卻更似嗚咽，「那樣的話我就賺到了啊，是不是很聰明？」

許暘離沒有笑，他扳住我肩膀的指節泛白，沉重的呼吸混入昏暗的氣氛，一切都濃稠得化不開。他難得失了聲音，我居然隱隱看見他眼底溢出心痛。

我掙扎著，晃了下身子，卻只讓他的眼裡湧起更強的風暴。

「學芭蕾是為了完成媽媽的夢想，從小跳到大，所以成為一種習慣，從來沒有想過要放棄。然後，高中畢業我氣徐欣離開，故意選了一個我不喜歡的科系就讀……好吧，是我成績不夠好，只能從僅剩的科系中選出比較順眼的。因為我一定要讀我們學校啊，我們學校才有舞蹈生的名額，那時我發現是由於徐欣我才會想繼續跳芭蕾，我可以因為徐欣的鼓勵去爭取跳白天鵝，甚至任何舞蹈表演的資格。意識到這一點的時候，我就知道我完了。」

我完了，是不是這一輩子我都忘不了他了？

可是他已經扔下我離開了。

「然後，其實你跟徐欣很像，脾氣啊個性啊，可是又好像很不一樣。不然怎麼在我那麼喜歡徐欣的時候，那麼討厭你。你那麼幼稚，對我又嘴巴很壞，又愛指使我跑腿。要我說出你哪裡討人厭，說個一百項都不是問題。」

許暘離肯定哭笑不得，我簡直在質疑自己的眼光。他稍稍朝我靠近，扶住我疲憊得垂下來的頭，撐著我的重量。

「是什麼時候開始……」淚水又掉在許暘離手背上，疼痛蔓延，到心臟、到全身、到整個空間，「我覺得你偶爾也挺順眼的，我以為這只是小窮鬼看見金主的開心。如果沒有圖稿那件事，我也不會察覺吧。」

自嘲的扯了下嘴角。愛情觸手可及，卻是一晃眼就會消失的海市蜃樓。

「我愛你呀……」

他閉起眼，身體大大一震，也撼動了我。失序的心臟像被什麼狠狠擊中，沉悶的痛著。

我拽緊他的衣袖，彷彿耗盡所有力氣，整個人、整個聲音都在顫抖。

「沒辦法再跳舞，我才不後悔，可是都沒有人相信。因為沒有人知道你在我心裡更重要，連我自己都不知道。」

許暘離重重的呼吸在黑暗裡格外清晰，扶在我肩上的指尖微顫，他沒有喝酒，他是清醒的，可是，這一瞬間，好像他的反應也變慢了。

我把這份喜歡埋藏到自己都快忘記的角落，愛情卻如鯁在喉。

不是不想再錯過，只是好像聽見徐欣的歸來，我忽然覺得堵在胸口的遺憾不斷膨脹，我無從抵擋。

沉重得要喘不過氣，好似有什麼陰影追趕著如影隨形，隱藏不了的心意、逃避不開的愛情。

我像是做了一個長的夢。

夢裡回到高中二年級繁華喧天的歲月。回憶裡有我、有徐欣、有許暘離。最後，停駐在漸去漸遠的背影，沒入蒼藍的天際，變成一個小點。

頭痛欲裂，拉扯著神經的抽痛，我稍微移動，引起一陣悶痛與暈眩。

光線暖暖緩緩的照在臉上，我眼睫微顫，掀了掀沉甸甸的眼皮。面前原來不只有穿透玻璃窗的陽光，我還看見許暘離把手肘撐在床沿，托著下巴，睜著眼直看著我，目光清澈，亮若星辰。

一時間消化不了這情景，我愣了愣，暈著霧氣的惺忪睡眼眨了眨，抬手打了許暘離的頭一下。

他頓時唇角抽了抽，眼裡露出無奈而溫和的寵溺容忍。

「廖栞瑜妳幹麼啊？」迅速抓住我要撤回的手，牽握在手心裡，輕撫著我的每一指節，一吋一吋摸，直到我臉頰泛起燥熱。他輕笑，「妳是豬嗎，還沒醒？」

我歪過頭，打了個呵欠，張了嘴巴忘記闔上。許、許暘離這是哪裡出問題了啊？這麼溫柔又和藹可親，是山寨版的吧。

彼此對視半晌，許暘離眸底墊上一層不自然的害臊，輕咳一聲，嗓音恢復到平時的冷傲。

「醒了就去洗澡。」

「啊？」

「一身酒味。」他擰了眉，嫌棄的瞄瞄我身上的衣服，「妳有多久沒洗澡？就算是冬天，妳當妳住在北極嗎？」

這才是正常的許暘離啊。嘴毒、毫不留情。

翻了翻白眼，沒好氣的瞥他，「只不過一天沒洗，你幹麼講成這樣？就睡著了啊，我又沒叫你幫我洗。」

「幫妳洗？」他揚眉，似笑非笑的揪著我。

我急著搶白，「你想得美啦！」

他煞有介事的頷首，漆黑的眼眸溢出揶揄的淺笑，眉目的深刻弧度始終沒有鬆下。

「嗯，我想得美。」

「許暘離你……」

他坐上床緣，我驀地住口，往後縮了縮，羞惱的眼神染上慌亂，手足無措的想退開，卻被許暘離霸道強勢的力道按住。武力值完全輸得徹底。

歪過頭，他笑眼彎彎，「妳可以說說妳昨天怎麼了。」

呃，完了，忘記這小心眼的男人不會這麼簡單放過我。要是現在躺平裝死，不知道來不來得及？

「我跟蔡蔡到樓下對面的咖啡廳。」飛快胡謅他。

他又揚揚兩條好看的眉，我心裡有些緊張，仍面不改色，「大概是服務生沒睡飽，把水果茶上成水果酒了。」

「妳是點抹茶拿鐵。」他對我瞭若指掌，讓人反駁不得。

「我昨天心血來潮沒有點抹茶拿鐵。」

所以說，這個男人這麼了解我不是一件好事。

許暘離鬆開我，氣定神閒的起身，讓人猜不到他的下一步動作。溫和清冷的嗓音聽不出喜怒，盯著我慢悠悠的說：「還是一樣喝了酒就失憶，我是在酒吧把妳撿回來的。」

失憶嗎？昨晚我應該沒醉得那麼徹底吧，我確實說了些真心話，但應該沒做什麼可以讓他當成把柄嘲笑我的事吧？

「喔，所以你要說你昨天是去撿屍了？」算了，裝死好了。

許暘離如預期的臉色一黑。我力持鎮定的語氣被踉蹌的腳步徹底背叛，匆忙扯了換洗衣物就迅速關進浴室。靠著門板，我摸著自己熱燙的臉頰。

所以說，我昨天喝醉酒之後到底都做了什麼？總覺得許暘離變得不太一樣，說不上來的詭異。

開了小門縫向處外看過去，獨自留在主臥房的許暘離抿嘴微笑，俊逸剛毅的側臉沒有一如往昔的清冷嘲弄，像是在回想我倉皇離開的背影，絕對是在取笑我。但是，氣氛裡的溫軟很不對勁。

側邊的全身鏡恰好反射他的模樣，我縮著身子就怕被瞧見，物理沒有學好，計算不出怎麼樣才不會被他察覺。但我看見許暘離收不住眉眼間浸染的飛揚和愉快，沒有一絲高傲、沒有一絲嘲諷，好像整個人要融進陽光裡。

他也能有那麼溫煦的氣息，我一愣，什麼時候看過他這樣真心到能感染世界的笑容？

扶著門板的手緊了緊，心中有難以言喻的滋味。他佇立片刻，一面收拾著被單要送洗，很嫌棄我的模樣。許暘離的臭潔癖，不能容忍我這醉鬼在他床上作亂。

房內另一角，冷色系的空間裡落下我粉色的風衣，似乎都暖了起來。我勾了唇角自嘲，這寄生蟲的身分越來越確實了。

輕巧闔上門，落下鎖，反覆深呼吸，平撫了不知名的心虛，我開始動手盥洗。半小時後，沐浴梳洗完出來，因為沒有進食，餓得很，我將髒衣服丟進洗衣籃，侷促的盯著他忙碌的身影。

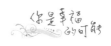

從房間鏡中看見自己緋紅的臉蛋，一時分不清是因為害羞些還是因為剛才浴室裡的熱氣所致。

看清楚他在已然換好的乾淨床單，覺得太引人遐想，我腦袋裡到底都裝了什麼，臉又騰騰發燒，我扁嘴，「潔癖的人毛病真多。」

「滾去吃飯。」

他回頭，看見我朝他笑得艷麗明媚的臉，他一時失語，咳了一聲。哼，我自我感覺良好的揣想著，畢竟出浴的朦朧美，自己看都覺得很順眼。

「昨天空腹喝酒，今天早餐要是敢剩下一點，妳知道後果。」

又說什麼我知道後果！又威脅我！

反正我現在超級餓，前胸貼後背，不怕他，就不信吃不垮他。

賭氣甩頭走人的架式很有氣魄，但當我看見餐桌上的食物就體會，什麼是道高一尺魔高一丈。我癟著嘴，不能妥協，憤憤把山藥薏仁塞進冷凍庫，不甘不願的嗑起雜糧吐司，再吞下一碗瘦肉粥。

山藥這種東西不是人吃的啦。

一面伸長手拿來扔在一邊的包包，掏出手機。我看著所剩不多的電量，開始刷起動態更新。不久，聽見腳步聲，許暘離從房間拿了吹風機出來，調整我的位置，擰著眉一掌打了我，糾正我翹腳的不良坐姿。他放下我盤繞在頭頂的長髮，悉心替我吹乾，一絲一縷，溫熱的風伴隨轟轟的聲音，分外溫馨。

一小口一小口吃著，我莫名鼻子酸了，眨去眼角泛起的可疑水光，說服自己是粥暈出的熱氣，無關乎任何內心波瀾。

「吃完飯就出門。」

「啊？去哪？工作室？」咬了咬湯匙，我停下動作。

「回高中學校。」

我怔愣，反射性要回頭確認他的表情，馬上被強硬的力道轉回身子。這個人完全展現有錢就是任性呀。

「你、你不用上班？」

「家有酒鬼要照顧。」他風輕雲淡的說著，此時恰好關起吹風機。這句話要聽不清楚都有點困難。他滿意的拍拍我的腦袋瓜。

我差點整張臉栽進碗裡，嘴巴一歪。這才意識到他說了些什麼。

「誰需要你照顧了？該幹麼就幹麼去，別拉我當藉口。」

「我開心，管我。」

「你受了什麼刺激了？」

「妳自己想想妳昨天做了什麼。」

意味深長的口吻著實讓人狠狠打個冷顫。我哪有「做」什麼！君子動口不動手的道理我還是明白的……等等，總不會是我飽暖思淫慾，對他耍流氓了？哎唷！我想不起來啦。

爭不過他，耍任性也輸得一敗塗地，「幹麼突然要回學校？」

「沒心沒肺。」他睨我一眼，「妳是不是畢業後都沒回去過？」

立刻乖乖閉上嘴，我委屈了。我哪有臉回去？絕對會傷害舞蹈老師一顆「望女成鳳」的玻璃心。

但是，沒有一次拗過許暘離的脾氣，我還是換上鞋子，搭上一件黑色的毛料風衣，頭髮散在肩上。他上前替我圍上圍巾，手指輕拂，整理了我的一頭長髮。

咬了咬下唇，他這樣子，我要到哪一天才能放棄，徹底死心呢。

兩個人並肩走進熟悉的校園。莫名和諧。

時光流水似的沖淡回憶的顏色，舊地重遊，一切卻又鮮活起來。

經過走廊，走過汗水淋漓的操場，接著，走到各自的教室、學聯會會辦，最後被許暘離帶到禮堂。

眼睛亮閃閃的，想起我時常裝病或是在學聯會瞎忙，因此能蹺掉膩人的朝會時間，不論操場或是禮堂的，我都不喜歡。

聽校長主任廢話，真的一點意思也沒有，頒什麼獎也輪不到我。

也許，會被許暘離逮到，無止境奴役我的起始，就是被他發現我討厭朝會，我幾乎永遠能以公假逃避朝會，可是同樣永遠有做不完的事。

「新生訓練那天中午，妳在這裡跳舞。」

飄遠的思緒忽然被拉回，我順著他所指的方向看往右邊看臺的位置。他的聲息聽不出情緒，卻有點認真。

我眨眨眼睛，似有所悟，記憶沒有跟上。許暘離不管，逕自說道：「老師在旁邊看。」

開學日的前一星期有一天表定的新訓，無非是由學長姊領導參觀學校，確認課表，以及認識班上的面孔。我不是叛逆，是身為舞蹈生，馬上被舞蹈老師叫來，當天沒有記住任何一張同班同學的臉孔。

「喔，好像是老師當天就要跟我討論報名冬季比賽的事情，順便叫我跳一小段舞吧。」

順著他的言語引導，我回想當年。再眨眨眼，突然提起這個幹什麼？

我突然感到奇怪，「你怎麼知道？你看見了？」

他不置可否，點頭，不看我，幽深的目光像穿越時空，落在此刻無人的場地。我循著他的視線望過去，彷彿能看見十多年前旋身起舞的女孩，恣意飛揚，像倒轉了投影片，播放著那青澀的時光。

「妳瞎了。」

「許暘離。」一開口就那麼不祥，除了他沒有別人了。我陰惻惻的低喊他的名字，他不著痕跡笑了。

「第一名入學的新生代表要在開學典禮致詞。」

扯扯頭髮，我應該是連開學典禮都蹺掉了，忘記自己躲到哪裡去了。老實說，我對他一點印象也沒有，真正記起他這個名字和這張臉是初入學聯會那時。

「臭學霸。」終於吐出一句褒貶不明的話。

他勾了勾唇角輕笑出聲，看在我眼裡，閃亮亮的。美色果然誤人，我不服氣的踢了下地板，隨即抬頭朝他露出更加燦爛的笑臉，賊兮兮的。

不自覺的往他身邊靠過去，「我跳芭蕾其實滿好看的，是不是一顧傾人城，再顧傾人國？」

猛然回憶起許暘離皮夾裡的照片，我從來沒有問過他是不是老早就見過我跳芭蕾舞了。比徐欣更早。

「沒有，我覺得妳很吵。」

我嘴角微微抽動，許暘離果然是許暘離，不管經過多少年，都能隨時隨地打擊別人美好的想像。

他低斂眉眼，沉緩的溢出聲息，「吵得我看稿子看不進任何字。」

「終於有我們不共同存在的回憶片段了。」我當時可沒有注意到他。

「嗯，我一向睚眥必報，我記得妳，可是妳沒有。」

我狠狠一嗆，伸手推他一下，「喂！我根本沒注意到台上還有人。」

「那還是妳的錯。」

「現在是在翻舊帳的意思囉？」

「是。」

我再度抽了抽嘴角，感嘆這人無賴起來偶爾也是挺可愛的，同時懷疑起我的審美觀和自虐程度。

許暘離忽然伸手扣住我的後腦杓，我柔軟的髮絲嵌在他指間，他似乎很喜歡這觸覺，更加貼近。碰觸的部分開始泛起熱燙。我的身體卻是完全僵住，倏然像根木頭似的。

「所以說，我一開始就記住妳了。」

記住我吱吱喳喳的雀躍、記住我明豔輕巧的笑顏、記住我任性討好的神情，以及記住翩然的舞步與和墨黑的長髮。

直到學聯會的面試，人海中四目相視，對我，許暘離是全然陌生的存在，於他，我是蜻蜓點水的記憶觸發。與我並肩的是他再熟悉不過的男生，我後來才知道他們的關係，徐欣是他的表弟。

於是，許暘離瞇了瞇眼睛，轉身就走，我兀自碎唸帥哥都是如此驕傲。

既像三毛說過的，「那份驚心，是手裡提著的一大堆東西都會嘩啦啦掉下地的動魄。如果，如果人生有什麼叫作一見鍾情，那一霎間，的確經歷過。」

我在許暘離的書架上夾著的一張紙條上看過這段話。失去定點的思緒被他一把揑在手心，我瞅著他。

「不懂自己為什麼想把妳放在身邊。」

像個幼稚的小男生一樣，熱中於欺負會氣得跳腳的小女生。

被他有意無意忽略的，讓我不敢多加抱著冀望的是，小男生愛捉弄的總是自己喜歡的女生。

睜著眼睛怔愣著，看著他清俊帥氣的臉，搭著不協調的認真誠意，他的嘴巴一張一闔，我卻不知道從哪刻開始聽不進半個字。

來不及思考，淚水毫無防備的掉下來，我想伸手打他，「許暘離你不要開這種玩笑！」

他是什麼意思！到底是什麼意思！

氣急敗壞的話語被截斷，溫軟的唇堵了上來，輕輕緩緩貼著我的唇。察覺我的還愣著，他懲罰性的咬了我一下，拉回我的注意力。

他近一步摟緊我，輕暖的吻在唇上、臉頰、鼻尖到眼皮，然後吻去我眼角不斷溢出的清淚。我們是如此靠近，可是我還是看不清他的心。

他在說什麼？他到底知不知道自己在說什麼？

我很慌亂，他突如其來的舉動撞進心裡深處，我痛得不可遏抑，分不清源頭的持續蔓延。

我不相信他，不相信。許暘離深眸一凝，看透我眼底的倔強與防備，他瞇了眼睛掩飾流露倉皇。

眼淚止不住的一直掉，我哭得抽抽噎噎的，抓緊他的衣角，「許暘離你做什麼！

我是你能想親就親、想哄就哄的嗎！」

「廖琹瑜。」

「幹什麼？」輕輕的抽泣著，拿閃著淚光的眼瞪他。連名帶姓的喊人，是想找我吵架就是了。

目光凝在我的臉上，他驀的一頓，清亮的眼底碎出點點心疼。

溫軟的指腹擦過我紅腫的眼窩，親暱又曖昧的觸感，讓人鼻子發酸，心情更委屈，又掉出幾滴淚來。

燙在他的掌心，我能清楚感覺他瑟縮了下，靜靜忍住了淚水。

淚眼矇矓中，早已看不輕他的輪廓，只是那綿長的嘆息還是傳進了耳中，我掄了拳往他身上招呼。

但還是怕把他打痛了，所以只是重重舉起手，輕輕落下。

如果他什麼都懂就要什麼都說給我聽，不要再讓我猜測。

「妳怎麼哭個不停？」

「管我？沒見過林黛玉？」

許暘離難得吃癟，伸手想揉亂我的頭髮，落在我的頭上，剩下輕柔的安撫。我靠近他，我的呼吸裡眼睛裡都只有他，再也沒有別人與其他。

「我說過很多次喜歡，可是愛只給過一個人。」

他無奈嘆息，伸手撩過我凌亂的髮絲。目光看似散漫隨意，唇邊溢出的笑意似自嘲似認命，我無法動彈，任由他的手在臉頰留下溫度。

許暘離微涼的指腹停在我的唇上，聲音清冷而誠摯到令人難以挑剔。

「廖琹瑜，除了妳，我不知道還能是誰。」

稍微停歇的淚水又掉了下來，就是水龍頭開關壞了似的。打在他的手背，落在地上，每一滴都是情深意濃，每一滴都想要燙進他心裡，再也不准他放棄我、不准他再惹我哭。

「你明明說過我們不可能在一起……」

許暘離回想，臉色頓時顯得訕訕，面子有些掛不住。

他輕咳一聲，「我的意思，是不可能和還喜歡著徐欣的妳。」

許暘離補述。「我當時覺得妳還在等徐欣。」

確實，如果我一直把徐欣放在心裡，誰都是無機可趁的，我的愛是如此分明與肯定。

我還是覺得像在作夢，握起拳頭要砸在他身上，被他厚實的手掌包覆，輕輕使勁拉進溫暖的懷抱，聽著真切的心跳聲，我微微抽泣。

我從來沒有想過他會介意徐欣。

原來是這樣輕巧的誤解，成為彼此心中的癥結，我們蹉跎錯過了那麼多歲月。

「我才沒有……」

「讓我明白的是大三那年，妳替我找回設計圖，還因此摔得夢想都沒有了。」

「這是同情我？還是可憐我？你還在內疚嗎？」

我聲音悶悶的，掀起一陣惶恐，抓緊他胸口的衣服，心情矛盾，「許暘離，你不准同情我。」

我敢愛敢恨，不代表我要卑微央求一份施捨的愛情。

許暘離收緊手臂，環抱我的所有不安以及要徹底弄明白的強迫症。

「那時候是看清了自己非妳不可的心意，可妳一醒來，卻說反正徐欣說妳跳的黑天鵝已經是世上最好的，妳不在乎再也不能跳舞。我看到病床上的妳，想起的卻是高三時的妳。」

高三的我，黑暗時期的我。

一個人躲在舞蹈教室的大鏡子後面，一根又一根的抽著 Black Devil。這樣陰暗無力的我落進他眼底，存放在他皮夾收著的的那張照片上。

「那時候腦子裡閃過的事情太多，最後都總結成一句。」他手下力道加重，漫起長長的嘆息與遺憾，「妳是徐欣的女朋友。」

我是徐欣的女朋友，他要不起、碰不得、靠近不了。

而我，那時是對他很反感。原來他將喜歡藏得那麼深，我不敢想像他看我和徐欣笑鬧親密、看我為了徐欣痛徹心扉，他是怎麼耐著性子安慰我的。

眼淚越發猖狂掉落，在他懷抱裡克制不住的嗚咽。

他的下顎抵著我渾沌的腦袋，感受他強勢的氣息，覺得太夢幻浪漫、太荒謬傷感，不適合許暘離和廖琹瑜。心裡有點甜卻沒什麼把握，只想加倍對他好。

「騙人，大三之後你明明還陸續交女朋友。」

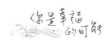

「妳以為我信邪？我是不甘心相信自己非妳不可。」

「喔？大概是英雄難過美人關之類的。」

片刻，我又恢復臭美的小脾氣。他滿臉拿我沒轍的表情，誰叫他喜歡了。

所有寵溺全攏成一句無奈，輕淺的吻落在我額際，「妳還真敢說。」

難得主動的勾住他的後頸，在他溫暖寬厚的懷抱裡蹭著，享受和體會一點真實感，為什麼睡一覺起來世界就變了？

我如果牽著許暘離的手出現在蔡蔡面前，肯定會被笑死。

如果這消息傳到高中大學的朋友群，或是咖啡廳和工作室，我肯定被口水淹死。

想到這，有點煩惱，更有點好奇，「我昨天喝醉後……應該很乖吧？」搔搔臉，總覺他不安好心。

「嗯，很乖。大膽到敢強吻，還敢告白。」許暘離漾起輕佻的笑，眉眼彎彎像漂亮的月牙，收斂起嘴角的邪氣，溫暖得過分。

聞言，我氣結，脹紅了臉，「強吻？我怎麼可能……」

「可是我很喜歡。」

如果是從前學生時代的我，肯定是不敢接受這份美好到令人心慌的愛情。

儘管兩情相悅。但輿論壓力太大，在意的太多。

經歷這些年，許暘離始終在身邊，而我始終沒有再喜歡上別人，我就知道自己栽在他手裡了，既然不願意將就湊合，也有就這麼單身一輩子的念頭。

我的情感是愛恨分明的，喜歡就會喜歡到底。

而現在，「一起生活」這件事成了我和許暘離目前最嚴重的要解決問題。

許暘離完全不明白我在抗拒什麼，他氣到想直接把我的住屋退租。看他這麼不懂女人心，我才扭捏又自覺言之成理的開示他。

「不是啊，這樣要是我們吵架了，我才可以在用力甩門、奪門而出之後還有地方可以去啊。」

許暘離聽見我說的話，整個愣住了，好氣又好笑的把我抓進懷裡欺負。

欺負得可狠了，我嘴唇腫起來不說，他硬是在我纖白的頸間留下吻痕。我氣惱的

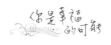

縮在他懷裡，賭氣的用額頭撞他的胸口。

「要是吵架，一定是妳惹我的。」

「喂，你才不講理吧！」

「但妳還是可以甩門，然後關在客房生悶氣。」他摸摸我發燙的臉，看著我罩著霧氣的迷濛雙眼，輕撫著我的腰，看來很想做些什麼令人害羞的事，最終靠在我耳邊，「不准跑出去讓我找不到。」

心一軟，我甜滋滋的環住他的腰，但下一秒就感悟到什麼的都是假的，他哪是說停就停的角色。許暘離就著這份親暱，沒有輕易放過我，我想逃也逃不掉。

和他之間，沒有什麼生活習慣需要磨合，彼此的小脾氣與小個性早已經瞭若指掌。牙膏哪邊開始擠，摺不摺棉被，內衣褲要不要分開洗，或是早餐一定要吃，都不造成我們的困擾。

就是一點讓我掙扎了一下。起初我是羞於兩人擠在同一張床上睡覺的，但很快就坦然釋懷了，就當有個人幫我暖床，冬天多冷啊。

煩惱的是許暘離老愛從我背後抱著我，強勢而佔有性十足的擁抱。我常常覺得這樣勒得我不舒服，他卻堅持總有一天會習慣。

這個同樣是被許暘離攬在懷裡沉眠的夜晚，他的手橫在我腰上，親近到鼻息全是他乾淨的氣息，我已經習慣而且依賴。

他在我的生活裡根植生長。

手機的震動驚動睡夢中的人。許暘離趕稿件忙得很晚，還是淺眠，拍拍懷裡睡得分不清現實夢境的我，把手機塞進我手心。

我說過八、九點左右的來電可能是重要的事，我得接到。

「喂？」

不甘不願的接起擾人清夢的電話，語氣凶狠得許暘離默默失笑。他抬手隨意順了順我凌亂的長髮，微瞇了眼睛又要睡去。

結束通話，我伸手推開他，手勁柔弱，對上許暘離不悅的反抗，我更委屈不滿，晃了晃手機，用睏意濃濃的聲音解釋。

「蔡蔡找我啊。」

「幹麼？」

「誰知道，吼了一大串我沒聽懂，反正她叫我下樓。」

許暘離大概是難得後悔自己的決定，臉上表情寫著「早知道就不該讓妳接這通電話的」。他無奈的揉揉眉心，拖著疲憊的身子爬起來，聲音沙啞有磁性。這樣子簡直是要讓人一早就犯花痴。

「我陪妳下去。」

我馬上推倒他，怕他誤會這舉動有什麼強烈暗示，在他眼底墊上一層曖昧笑意前，我急急搶白，「陪我幹麼？又不是找你，你睡太少了，給我躺好。」

我偶爾也是滿有氣勢的。

走下樓，今天的天氣十分晴朗，燦爛的陽光照得我難以適應。我睜不開眼睛，攏著外套佇立在門口張望，在對街看見熟悉的車型。蔡蔡按喇叭示意我上車，接著，沒有開口解釋，開著車直直往一個方向駛去。她沒有多說一句話，弄得我一頭霧水。

疾馳的車子在我們高中母校附近近的小公園停下來，蔡蔡一句「滾下車好好處理」就打發我，將我一人孤零零的攆下車，隨即踩了油門疾行而去。

因為沒從睏意中完全甦醒，我半晌才意識到自己的處境，憤憤的在心裡問候蔡蔡一遍，考慮著要自己走回去，還是撥電話向許暘離求救。

一個轉身，看見站在幾公尺外的男生。

熟悉而陌生的面容，白皙乾淨的模樣，所有表情都細微難以察覺，胸口湧起的懷念不是錯覺，我瞠目結舌，僵直的身體分不清是因為冷還是因為太驚訝。

徐欣，是徐欣。

「你……」我一時之間不知道該說什麼

「好久不見，廖廖。」

下意識捏緊了拳頭，直到指甲嵌入掌心的刺痛喚回我的心神。我走近兩步，再走近兩步，最後站在他面前，默默比對他與當年的異同。

短短的黑髮色沒變，平板的語調沒變，沉沉的好聽嗓音沒變、輕淺的酒渦沒變，只是，人卻更高了，黑漆漆的眸子裡，情緒也更多了。

「徐欣你怎麼……」竟然發現我一句話也接不下去。

要問他怎麼會在這裡，還是要問他怎麼會透過蔡蔡要見我？

不論哪句話，都無法表現出我的驚愕與無措，似乎說什麼都無法填塞八年的空缺。然而，徐欣扯了嘴角，率先起了頭。

「廖廖，我都沒有注意到，妳高三那年……」

他頓住語句，沉沉的眸子像是要泛出純淨的水光。

他在自責，他在自責沒有分擔我的心事和壓抑。

錯愕之餘，我忽然明白了什麼，慌亂的視線降下，直盯著他手裡的信紙。我的喉嚨乾澀得可怕，聽懂他的意有所指，想朝他靠近一步，卻失了力量與勇氣。

回想當年，我頓時替他心痛了起來。當初自私的希望他面前表現出的，都是歡笑與幸福的模樣，卻忽視了他想陪伴我經歷的這份心意。

從前是那麼傻，捨不得他擔負我的壓力，忘卻曾經真誠又孩子氣，彼此許下同甘共苦的承諾，所以越走越遠。

那時的我是矛盾的。既希望他察覺又不希望他擔心。

因此將心事寫成信，沒有署名沒有住址，放進徐欣的個人櫃。

熟知他的個性與習慣，我知道他不會開的，也許到畢業也不會拿起這封信來讀，可是，世界上哪有絕對的事呢？

說不清是企盼他發現多一點，還是更希望那些黑暗石沉大海。

直到畢業，直到徐欣出國，荒蕪黯淡的歲月跟著匿跡在流逝的日常之間。

我不打算找回這封信，不打算找回那屬於十七歲廖栞瑜的幼稚。

被丟掉也好，被學弟妹們發現傳閱也好，我不在意承載晦澀心情的信件下落，那些青春歲月裡抹不去的痕跡，如未燃盡的菸蒂觸到衣服上的一角，燃出難以填補的缺口。

沒想到的是，時過漫漫八年，那些曾經的心事竟捏在他的指尖。

「你……已經回學校看過了？」乾啞的聲音擠出一句廢話。

上星期和許暘離回高中的時候，我還刻意支開許暘離繞回過去的教室，憑著模糊的印象察看徐欣之前的個人櫃，明明什麼也沒有。

我避開徐欣探究且近乎質疑的目光，盯著腳尖，零散的長髮垂下，遮掩僵硬的神色與尷尬。

「妳哪時候開始抽菸的？」

向來淡然得缺乏抑揚頓挫的聲線居然微微顫抖著。我猛一抬頭，想伸手拂去他滿目的悲傷，徐欣渾身流露的清冷與脆弱，卻讓我動彈不得。

聲音都啞了，我絕對沒料到他會那麼在意，更沒想到他會看見那些信件。

「那、那有什麼，就是想學屁孩試試菸的感覺，你不要認真。」

努力要打破凝結的氣氛，牽強又僵硬的朝他笑著。這樣的徐欣、這樣的情緒，我很害怕。

他克制的壓抑著情緒。我能理解他忽然回學校是因為懷念或是想告別。但是，去年沒有回國，前年沒有回國，之前都沒有回國，我想不出來為什麼偏偏是今年。許多天過後，蔡蔡才告訴我徐欣的心意。這次回國，他的確只是想見我。這樣蒼白無力的理由，竟支持他訂了機票，重新回到有我在的城市。

當初他會離開是父母決定好的。他極力抗爭，就算要半工半讀完成大學學業，他也不願意與我分開。最後他妥協了，因為他顧及父母漸長的年歲，人生能有多少時間陪伴父母左右？於是，我們決定分手。

那時我站在當年初遇的教室內，吸了吸鼻子，平撫著顫抖的聲息，努力笑得溫暖卻決絕。我不要他走，也不願意看他為難，更不願意我們的愛情淪為一種幼稚束縛。

「徐欣，我很喜歡你爸爸媽媽。」他們都對我很好。

我聽見自己這樣說，我不會忘記。「所以你離開後，要好好照顧他們。」

他喉嚨一緊，忍耐著不上前碰觸我通紅的眼睛，試圖忽視我話音裡的哽咽。如果他靠近一步，都會讓我傷心到難以忍受。

我深呼吸，「徐欣，我不會等你。」我不要等你。暈滿霧氣的眼裡盛滿要溢出眼眶的悲傷。我要守住最後一點驕傲任性，選擇分手不是賭氣，是不要這層關係影響彼此要走的方向，不要相隔的時空必須擁抱怨懟。

等待不是好的習慣。

撐著撐著撐到習慣了，人都會獨立，不知不覺中也真的不需要對方了。看著愛情緩慢消逝淡去會令人難受許多。

他盯著我，他知道我最討厭等人，或任何形式的等待。

徐欣的眼底沉潛著太多心意，再也不是淡漠，不是平靜無波。我終究忍不住傷心，匆匆轉過身，抬手擋了眼角，沒注意到他在身後也是緊緊抿著唇。

為什麼是明明是你要走，卻變得像是我的錯。我邁開腳步，只留一句道別和一地的寂寥嘆息。

「徐欣，再見。」再也難以見面。

時隔兩年，自許暘離的母親口中聽到一點關於徐欣的消息。徐欣在西班牙讀建築系，忙得暈頭轉向，根本沒有時間休息。當他一次次在日誌上畫掉回國的計畫，到後來不再急著訂下日期，他似乎從迫不及待到莫名的近鄉情怯。

他說著，畢業後，和朋友合夥，無論老朋友如何三催四請，無論父母如何苦口婆心，都已經不再去想回國的事情。

眼前成熟長大的徐欣沉沉喃喃開口，是那天不敢再想起的人來到夢境。在最美好的年少時光，真實又渺不可及。他告訴我，就是一個瞬間、一股衝動，請了假、訂機票，誰也沒有通知，一晃眼就站在故鄉的機場了。

一個多月裡，他去過所有回憶裡與我相關的地方，許暘離問他要不要見我一面，他說不願意打擾我的生活。而其實他說自己是膽怯了，他可以預想我知道後的決定，一定會避而不見。

他是那麼了解我。

此時此刻，安靜的聽他訴說，背景的光亮與人群都像被排除在我們兩人的世界之外。在一起的將近三年裡，總是我吱吱喳喳的時間多，他偶爾會跟我一起描繪未來的藍圖，但很多時候都是我聊著生活瑣事。

他主動說話的時候真的很少。

他說前幾天和幾個高中朋友聚會，他們都很有默契的不提起廖琹瑜三字，他說他既感激，心裡又些許酸澀，他和我之間，像是徹徹底底沒有關聯。

有一天，他鬼使神差的又走回我們的高中校園，說服自己最後一次回憶。漫步穿過長廊，準確無誤的走進高三的教室，心念一動，停步在曾經的個人櫃前面，忽然有個念頭想打開它。

「你、你不會真的打開了吧？那現在應該是別人的櫃子吧？」話說得結巴，這不是侵犯隱私嗎。

而且，現在冷靜下來思考，時過八年，區區一封信竟然被留了下來，也太不可思議了。

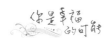

「我剛好遇到我們的導師，他要回科任辦公室拿東西，經過我們之前的教室，竟然認出我了，說有東西要給我。」

「咦？」

徐欣眸光微動，聲音像是嘆息，「我當時因為很少開個人櫃，所以也沒想到裡面會有東西，沒有去翻。老師之後收到那時候學弟從個人櫃整理出的一袋信，看到有署名就替我收著。」

我愣著，沒料到事情會這樣發展。那個學弟太耿直了吧，別人遺棄不要的東西就該直接丟掉啊。學校的個人櫃是很像信箱的設計，可以任意投擲，但是要打開取物必須要有鑰匙。

「廖廖，妳不會知道我看完信的心情。」

沒辦法直視徐欣的失望，「徐欣你不要這樣，我已經戒菸了。」

「因為表哥討厭妳抽菸。」

「啊？」

「我知道妳跟表哥在一起了。」

被這份坦蕩一嗆，我傻愣的眨眨眼睛。當然不會自以為是徐欣還惦記我。只是這感覺有點彆扭，畢竟我高中時期老愛扯著徐欣告許暘離的狀。

他溫聲解釋，「蔡蔡告訴我的。」

我一聽，心裡不禁咬牙切齒，想碎屍萬段那個出賣我的損友。

徐欣輕笑，很不像從前表情不多的冰冷模樣。他也在改變，我們都該為彼此的成長開心打氣。

分開，讓人心碎的就此各過各的人生。但是，時間都讓我們帶著勇氣成為更好的人，儘管不能是一起白首的伴侶，很久之後再想起來，終究會釋懷，笑著接受這樣的緣分安排。

「我下午的飛機，要回西班牙。」

我微怔，心底湧起輕輕淺淺的不捨。起初我真的沒打算再見徐欣，因為找不到合適的心情。如今見面，我發現自己還挺想念的。這份想念非關愛情、非關依戀。

我也說不清。

「怎麼那麼快……」我癟癟嘴。

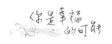

徐欣眼底流露他心裡的柔軟，摸摸我的頭，像從前一樣。

我一樣拍開他，他一樣樂此不疲。

我們都在重新尋找與拿捏適切的位置，給予對方自然真誠的關懷。

「我不是小孩子。」

「等我下次回來。」認真聽著，我眨眨眼睛，徐欣老是缺乏抑揚頓挫的語調有一瞬間提高了一點，「就是我們廖廖結婚的時候。」

「好，你說的！我下個月……不，下星期就結婚！你就可以乾脆留下來……你幹麼這麼快就回去啦？」

「我回來一個月了。」

「你又沒來找我。」沒有放入太多曖昧，只是曾經兩人相處的模式。

我開始耍任性。

我知道「妳可以來找我」這句話他是不會說的，他就是悶騷呀。

他看了下手腕上名貴的錶，又移了視線越過我看向後方。我歪過頭，不太理解他的意思，他扯了唇角，握住我的手，罕見而霸道的溫柔。

「回去吧，不用來送機。」

「你說這種話我真不習慣……」我噘起嘴，垂著腦袋，「我才沒有要去送機，徐欣你想得美。」

我又傲嬌了。

「廖廖，妳要幸福。」

「當然啊，徐欣你也是。」選擇將「許暘離」三個字吞下去，在他面前提起仍是怪彆扭的。

不合時宜的想著，廖琹瑜和許暘離未來的某天會走向適用家暴法的關係，才不怕他欺負了我。這樣的想法很不現實吧，我揉揉鼻子，拉平要彎起的唇角。

我看見他用力眨了眨眼睛，鬆開我，一點一點直到完全放開。輕輕推了推我的腦袋，要我自幻想中覺醒。

「我走了。」

「喔。」我仰首瞅著他，對上他翻起波瀾的眼，咧嘴對他笑，「你走吧，我看著你走。」

八年前，我難過得送也不去送他一下，朋友辦的歡送會也沒去。這次，現在，讓我看著他走。

徐欣抿唇，溫柔的眸光沉了沉，頎長的身形停頓半瞬，輕輕緩緩的轉身。一絲不苟的西裝打扮，沉穩而陌生。我皺了皺鼻子，雙手插進外套口袋，向胸口攏了攏，踮踮腳尖，目光凝在漸遠的身影。

徐欣，謝謝你，再見。

「還要看多久？」

清冷的嗓音從天而降，包含危險的氣息。我肩膀一抖，一隻強而有力的臂膀已經繞過我的頸項，搭上我的肩。我的眼神瞬間從迷茫逐漸聚焦，閃過錯愕和驚喜。他默默接受了我的愉悅。

曾經浪費那麼多時間再錯過，我們都是一點也捨不得和彼此分開。

「許暘離？」

「嗯，竟然在男朋友身邊看著前男友。」

「你怎麼會出現在這裡？你昨天熬夜了今天還用多睡一點？果然是老當益壯。」

許暘離又露出嫌棄的表情，他早習慣我轉移話題的浮誇手法，逕自踏出步伐往前走。我就這樣被他拋在後頭，一邊猜想許暘離肯定是被蔡蔡擺了一道。

「喂，你幹麼不理我！」笑咪咪的快步跟上，看著他有點像落荒而逃的身影，膽大包天的調侃起男朋友，「是不是被蔡蔡騙了？」

許暘離朝我伸手，沒看我，驕傲得很。

苦惱的搔搔臉，沒打算安撫這個掉進醋缸的男人，發什麼莫名其妙的脾氣。我努著嘴，也很有個性的跟在他身邊，沒開口、沒對他笑。

只是他忽然伸手是什麼意思？想跟我示好？

過了一下，我還是美滋滋的咧嘴笑了，傻呵呵的抽出放在口袋裡保暖的手遞到他手心，儘管溫度微涼，還是有別樣的暖意。

「手機給我。」

我不想要這個小鼻子小眼睛小氣巴拉的臭男人，我要把它高價售出。

剛要憤憤收回錯付真心的手，卻被他一把拉住，扯進懷裡。他當著我的面從他自己口袋掏出我的手機。看得我一愣一愣。

「許暘離你有病啊，我的手機既然在你那裡，你找我拿幹麼？」

「要妳牽我。」

我認輸了。不得不承認，這男人耍傲嬌的方式挺浪漫、挺讓人心軟的。

他騰出一隻空閒的手，握著手機不知道在設定什麼。我往他胸口更靠近，拉低他的手，探頭觀察他在幹什麼。

「你在幹麼？你、你幹麼刪掉雁誠的電話？」

「有事情就打用店裡電話聯絡啊。」他將手機收回口袋裡，偏頭看了我仰起的無辜臉龐，「還是你們有什麼私事要聊？」

我又是一愣，乾笑著看他似笑非笑的彎彎眉眼，搖搖頭。

「沒有，才沒有什麼私事。」

「當然，妳的私事只有我。」

眨眨亮晶晶的眼，我轉而抱住他的胳膊，「那我媽呢？我爸呢？他們都是私事吧，對吧？」

「現在就去登記。」

「登記什麼？」揚起的唇角一僵，我不恥下問。

許暘離停下堅毅的腳步，漆黑的眸子清亮，全是笑意，還有星星點點霸道和佔有的意味，暖得驚心。

他落了一枚輕吻在我唇上，在大庭廣眾之下，滿意的看我的臉瞬間染上醉人的粉紅。

「登記結婚後，妳的私事就是我的私事，我照顧妳的其他私事，妳只要照顧我就行。」

「呃？」我一臉迷糊，是這樣算的嗎？

「然後現在，我的私事已經是妳的私事了，記住沒有？」許暘離有些鬱鬱，又說了一句。

窮追猛打男朋友行蹤的女朋友很讓人疲憊，但是完全放牛吃草的女朋友原來更讓人洩氣。我這是相信他啊，男人呀，果然難捉摸。

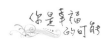

不過，這種事向來是冷暖自知，許暘離是多霸道任性的人，我該知道他的醋勁發起來會有多強烈。

我推一把，沒推開他，很無語。

「講人話啊，繞來繞去說什麼啦。」

「登記結婚。」他摸摸我忽然泛紅的臉，邪邪的笑得一臉輕狂，「幹麼轉移話題？妳在害羞？」

「害羞你個鬼，你才害羞，你全家都害羞，你從小就害羞。」

許暘離笑出聲，很享受我的撒嬌和難為情。

他伸手攬住我的腰。也許很多男生都是這樣莫名迷戀女生的腰，「不結婚，難道妳想未婚懷孕？」

頓時，理智線轟轟烈烈的斷裂。

「許暘離你這個臭不要臉的！」

「真的要去？還是改天吧。」

第七次拉住許暘離的手，我頂著酒紅色毛帽，搭著藍白格紋大圍巾，只露出一張苦惱的臉，眨著眼睛抬頭看他。

一條不到兩百公尺的街道，兩人拉扯許久，直到已經站在我家大門口，我仍在踟躕。我實在不明白為什麼許暘離那麼急著驗明正身。

我甚至還沒過夠談戀愛的癮，就要走向老夫老妻，我不要。

依照父親「通敵叛國」的紀錄，看來是力挺這個未來女婿。母親更是對於能趕緊把我嫁出去感到萬幸，哪管是誰要了我。

儘管多年來母親還是嚷嚷著掛念徐欣，我到現在都沒弄懂她是何時被徐欣收買的，居然從高中時候就向著他。高中耶，我都還沒滿二十。

當然，許暘離長得帥，年輕有為、事業有成，做為女婿，沒有父母會挑剔和嫌棄。再加上爸媽向來疼愛、信任、縱容我，我把許暘離帶回家，照理不會引起任何家庭戰爭。

但書是，始終對芭蕾舞夢抱憾的母親，不知道當年自己的寶貝女兒是為了許暘離摔壞了腿，誤了夢想。

這真相大白的後果，光是想像都令人頭皮發麻。

我頹然垮著肩膀，皺著鼻子，「我媽會打爆你的。」

「妳在捨不得我？」

「捨不得你個鬼，你要被打死了，我就找其他人嫁了。」

他漫不經心的笑了，修長的手指摩娑著下顎，「是嗎？可是，除了我，應該沒人敢接收妳了。」

瞇了瞇眼睛，我考慮起要不要先把眼前的男人打得連自己都不認識。

「徐欣應該見過妳爸媽了。」

「嗯，高中就見過了，前幾天回西班牙之前應該也來找過他們吧。」說起來都怪徐欣，他「不小心」說溜了嘴，讓我爸媽知道當年我受傷的始末，才傳訊息給我，告知他幹的好事。

難得非常幼稚的徐欣，惹得我好氣又好笑，盯著訊息無語半晌。

「那沒道理我不趕快見妳爸媽。」

「可是……」咬了咬下唇，怕母親說些難聽的話。

這件事一直是我們之間最大的鴻溝，許暘離比誰都不能釋懷。我知道，卻無可奈何，無法替他做什麼好讓他遺忘。

許暘離低頭盯著我滿臉的愁容，從他的臉色，我能看清他的心境，軟軟的、暖暖的。他很自然地低頭吻在我的髮梢，輕輕的笑聲震盪在胸口。

我順勢環抱他，他寬厚溫暖的手落在我的背上。他說：「遲早會知道的，我本來就沒打算隱瞞。」

許暘離從來不逃避，他直言唯一讓他卻步的事是承認我們兩人的愛情。既然都決心緊握，就沒有什麼能再阻止。

深刻體認到這個男人在坦承心意後，說話越來越沒有顧忌了。

「妳是我的，我要全世界知道啊。」溫暖浪漫的承諾迴盪在兩人之間。

「別亂說話，認真一點。」

「再認真不過了。」

「我媽很介意我不能再跳舞，她臉色和口氣一定會很差。」他頷首，我卻認為他沒搞清楚嚴重性，「所以她講話會很難聽，許暘離你……」

「我不會放在心上。」

許暘離嘆氣，揑揑我鼓起的臉，「妳什麼時候這麼婆婆媽媽？」

「我才沒有婆婆媽媽，這是深謀遠慮。」張嘴要咬他。

「我知道妳怕妳母親說重話會傷害我，但是，本來就是我該承受的。我要給妳的幸福，是建立在所有人的祝福之上。」

「許暘離……」

「我有妳喜歡就夠了。」

「噗。」臉忽地紅了，真不知道話題怎麼忽然轉向的。我嗤笑一聲，彆扭的撇過頭掩飾我的難為情。

說到底，他還是在意我母親偏愛徐欣這件事。

明白了有些好笑，他就是吃自己表弟的醋，誰叫徐欣身分特殊呢。

我是家裡的獨生女，因此從小可以說是集三千寵愛於一身，雖然應該不至於嬌生慣養到有公主病的程度，我也自知多少養成了我一點驕傲自信又有點任性的性格。

人生唯一被嚴格要求的是學習芭蕾舞，但是後來我也練出了興趣，變得格外熱中，倒也不是很為難。

我和許暘離一起進了家門，屋裡的氣氛沒有平常的和樂融融。我前些時候說要帶許暘離拜訪，媽媽就氣得說絕對不讓他進家門，是我和爸爸合力安撫許久，才讓她點頭答應。

布置溫馨的客廳裡瀰漫低迷沉寂的氣氛。娘親大人板著臉坐在客廳的沙發正中央，父親則恰好端著水果走出廚房，看見我和許暘離，就熱情揚起微笑招呼，但是馬上被母親的冷哼狠狠警告。

「伯父、伯母，兩位好，突然來訪，打擾了。」許暘離難得收起疏離的禮貌，聲音裡流露幾分緊張。

趕忙放開抱著他胳膊的手，在父母面前，舉止要收斂一點。我撲到媽媽身邊，討好的笑瞇了眼睛，媽媽總是說我這樣的笑容笑得人心軟。

「媽妳是不是瘦了啊？是不是爸煮的東西變難吃了？沒關係啊，我帶了香菇雞湯給妳，在保溫杯裡，還熱騰騰的。」

「妳煮的我不敢喝。」這份甜甜的貼心挺受用的，媽媽冷冷的表情總算掛上一點和藹的笑意，拍拍我的手背。

我還抱著媽媽的胳膊撒嬌，許暘離靜靜看著我瞇著眼睛笑的模樣，黑漆漆的眼眸露出不易察覺的不快。我偏過臉，有些無言，幼稚的男人才會吃自己岳母的醋。

也罷，他從來不否認自己佔有欲強。

「不是我煮的，我怕燒了廚房，不敢動手。」

不是我煮的，那顯然是許暘離下的廚了。媽媽看一眼保溫杯，我察覺她內心鬆動了一下，卻仍面不改色，只是低低「嗯」了一聲，自己女兒的能耐她還是清楚的。

我恬不知恥，仍然笑嘻嘻的。說我是生活小白痴，還算高估我了。

「妳去廚房弄點水果出來。」母親大人開口把我支開。

我就知道，我就知道會這樣！眼看就要上演一場腥風血雨，我死賴個不走，指著爸爸方才拿出來的梨子，「爸剛剛才削了梨子啊。」

「我要吃蘋果。」

我覺得老媽只差沒說「老娘就是任性，老娘就是要吃蘋果」。果然是家裡至高無上的實權掌握者。

於是頂著媽媽的無可違逆的指令和爸爸的溫和的示意，為難的回頭望向許暘離，見他對我點點頭，黑亮眼裡要我別擔心的堅定，我才無奈的順著媽媽的話走向廚房。

事後才得知，爸媽兩人當下都有「養大的豬要送到別人口中」的複雜心情，還說從沒見過女兒這麼聽話！

在廚房裡，我做做樣子，拿起水果刀和美麗可口的蘋果，媽媽前腳走開，我立刻趴在門邊偷聽。能聽到一些蛛絲馬跡，我也比較可以放心。

結果，什麼也沒能聽見。我暗自抱怨家裡門強隔音功能太好。

我馬上掏出手機撥電話給老爸，完全按照事前商討的對策，讓老爸接通電話，轉成擴音。幸好許暘離沒被老爸列入拒絕往來戶，所以老爸還很願意幫我。

沒聽見他們說什麼，我提心吊膽。

「未來女婿……咳咳，呃，你坐啊，不用太拘束。」父親硬生生收回太過熟稔的稱呼和親切的招待，只差沒有拍胸口明言「我罩你」。

「撇開我們小廖喜歡你，我一點也不贊成你們在一起。」母親言語犀利直白，單刀直入，「她練舞十幾年的成績，都被你毀掉了。」

「這件事我很抱歉。」

「我女兒她傻她甘願，我可不樂見。」

許暘離嗓音沉了下來，語氣再認真不過，「她為我犧牲了十幾年的付出，我會用我的一輩子還她。」

許暘離話音一落，電話那頭便沒了半點聲響，我在廚房都能感受客廳裡的空氣有多凝滯。

總要有人跳出來打破僵局。我暗自焦急，爸爸一定在小心翼翼打量他老婆大人的臉色，看何時可以見縫插針。真是，是男人就必須為前世情人的今世幸福說句話啊。

「算你有眼光。」爸爸的話語中充分傳達出對許暘離的讚賞，接著轉而勸說老媽，「我就說這小子很可靠，不比當年的徐欣差，女兒跟妳一樣有識人之明。」

爸爸如此隱晦的稱讚自己，果然引來老婆大人的瞪視。沒見過這麼胳臂往外伸的，我都有些無力了。

「我觀察很久了，少說三、五年吧。況且當年的事也不能怪他，是我們女兒自己太大意太散漫，又愛逞英雄啊。」

「有你這樣說自己女兒的嗎？」媽媽氣結。這次我真的支持她了，我是躺著也中槍，爸就不能好好幫忙嗎？

「老婆大人冤枉，她是我前世小情人，再怎麼樣我都疼都愛啊。」

許暘離很識時務的沒吭聲反駁，以我的了解，他才不是裝乖，一定是非常毒辣的認為自己不能昧著良心說我不傻。

但是，我親愛的老媽又雞蛋裡挑骨頭了，「你怎麼不說話？也覺得我們小廖兩光糊塗？」

許暘離神情有些無奈，平時清冷的嗓音此刻卻向春風般和暖。

「我能照顧好她。」

「哼，你是設計總監，又自己創業，忙都忙翻了，哪裡有空管我們小廖？」

「總監的職位不是必要，結婚後我會專心工作室的案件。」

言下之意是會做出取捨，職場上不必要的交際場合他不會參加，會保留更多時間給家庭。許暘離現在確實不缺那份受僱於AC公司的高額薪水，光是自己工作室接的案子，可觀的存摺數目就足以閃瞎我的眼睛了。他提過他的計畫，非常直言不諱成家的本早就存夠了。

他說，沒盯著我，他一刻也不能放心我的三餐不正常，或是又被蔡蔡帶去酒吧發瘋的不受控，我生來就是每天訓練他心臟強度的。

「我們小廖死心眼，當初我以為她會跟徐欣那孩子走到最後，但是他為了父母決定離開，我們都不能指責什麼。我知道小廖心裡難過，也怕她走不出來。」

母親並不極力排斥許暘離展現的真誠。我聽見她低低嘆氣，可以想像她當初多想看著徐欣和我走到最後。但是這世間的無常太多，不管如何，她只希望我可以得到心心念念的幸福。

母親對許暘離的印象也是好的，大學時候曾經隔著窗戶看他特地送我回來，也知道他照顧我的生活，容忍我的孩子氣，不嫌棄我的胡鬧。如果不是那件事對母親衝擊太大，她對我們的事一定滿口答應。

「你敢來面對當年的事，已經夠了，我也懂為什麼每次叫小廖找你來家裡吃飯，她總是敷衍過去。」

壞了，許暘離根本不知道媽媽曾經釋放善意，想找他來家裡吃飯。

我現在只想衝去摀住娘親的嘴巴，簡直陰我於無形之中。

沒聽見許暘離的聲音，媽媽繼續說：「那孩子是怕你直接承認了吧。好了，現在我知道你的意思了，你也別太寵她了，她沒吃過多少苦，生活上的事情多讓她學學，讓她自己動手。」

媽媽擔心許多年，總怕我被寵壞了，忍不住又碎念幾句才准許我從廚房出來。我手忙腳亂切斷和爸爸串通好的電話連線，恰好對上母親的眼神，我搔搔臉直傻笑。

看我根本沒有切好蘋果，媽媽又揉揉眉心，「給我過來好好學一學。」

「啊？不要啦，媽妳最美了。」

母親大人鐵了心要訓練我。都幾歲的人還不會削蘋果，她唾棄我千千萬萬次了，不想聽別人說是說她女兒什麼也不會。下了命令，「狗腿也沒用，給我過來！」

同時聽見爸爸說著，「女婿啊，那你陪老爸下棋吧。」

今日的廖家，依然是和樂融融的。

婚事敲定，許暘離卻是執意帶著我先去登記。

深怕我後悔似的，我原本百般抗拒，還是融化在他溫暖的笑容裡。

其實，許暘離是害怕我老媽反悔啊！意識到他這點孩子氣的不安，我不得不心軟，看來岳母大人讓他感受到很大壓力。

漫步在開滿銀杏的長街道，葉片飄落，在地上鋪一片暖黃。

許暘離忽然抓起我披散在肩上的長髮，自下而上打量，無聲的蹙了眉。

「怎麼？先前染的顏色褪了嗎？」以為他在注意我的髮色，難道變成布丁頭了？

「以後不要再染頭髮了。」

抓回頭髮仔細打量，手一頓，愣愣看著他。這傢伙又發什麼神經？要不要管那麼寬，染個頭髮都不行？當我真的被他吃得死死的？

別想跟我扯什麼夫妻財產共有制，我的頭髮可不能算是什麼共有財產！

「為什麼？我髮色本來就淺，就算不染也不會是純正的黑色，你嫉妒我美？」

他薄唇微抿，眼神卻是毒辣辣的說著「妳是白痴嗎」。我老早習慣，根本刀槍不入了，只是輕輕哼了一聲。

「妳以為妳高中時候染了咖啡色沒人發現？教官又不是色盲。」

「喔？那親愛的教官為什麼不抓我？親愛的糾察大隊長？」

我得寸進尺的湊到他身邊，陽光穿透樹葉，落在他五官立體的臉上，映照出令人無法直視的暖意。

還有，他勾起的嘴角真的很引誘犯罪。

也許沒料到會被這樣反擊，許暘離愣了愣，接著露出不想繼續這個話題的表情。

我偶爾也是纏人的，許暘離對黏人的這個我是又愛又恨。

「喂，你老實說，你什麼時候決定不再放我走的？」

「老實說，我不想回想起。」他很驕傲的撇過頭。

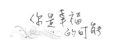

拗不過我使勁糾纏，連色誘這一步都幾乎要使出來了。溫暖惑人的氣息靠在他耳畔，他肯定聞到了灑在我身上的櫻花香水甜味。

他眼色一沉，「知道徐欣要回來的時候。」

「那是什麼時候？」我不依不撓，難得看他彆扭的神色，覺得很有趣。

「妳這麼打破砂鍋問到底，到底想怎樣？」

沒打算輕易放過他，我攀著他的肩膀，黏在他身上，奮力抬頭眨著閃亮亮的眼睛。許暘離無聲嘆息，迅速抬手擋住我的雙眼，我能感覺睫毛輕輕搧在他的掌心，帶點撩人的意味。

敵不過我的百折不撓，他自暴自棄洩了底。

「妳和雁誠那小子第一次談簽約那天。」

我忍不住笑了。

這世界上，一定有個人會讓我們輸得心服口服。

直到彼此認清，你就是我幸福的可能。

【全文完】

〔後記〕

緣分，讓我們遇見

這是我第一次寫後記。

首先，我要感謝將這本書實體化的商周出版，還有一直很親切可愛的編輯大人，很盡心照顧我這個菜鳥。記得收到訊息當天，我非常不好意思的要告訴媽媽這件事，因爲表現得太扭捏，還被媽媽誤會我是要宣告交男朋友了（娘親心裡的小劇場很失速）。

再來，我要感謝的，是從我在網路上開始連載時就一直陪伴我的文友琇琇。回顧留言，就會發現都是她的愛心支持，讓我抱著筆電拚命寫著故事，一個多月完稿。很高興很幸運可以認識她。同時感謝喜歡這個故事的朋友們，希望這個故事裡的文字或人物能給你們不一樣的溫暖，就像你們給我的鼓勵一樣。

接著，說說這個故事。

在過去寫過的故事中，我筆下的女主角多少帶有一點我的個性和影子。平時瘋癲任性，玩起來不分男女，對愛情是慢熱又害怕付出，對夢想是流再多眼淚都會堅持。我有這些特質，不過廖廖跟我不一樣，她敢愛敢恨、愛恨分明，完全跟她面對生活的隨波逐流和懶散大相逕庭。她不喜歡剪不斷理還亂的感情，跟腸子一樣太繞，對自己承認愛上許暘離已經是極限了。權衡愛情與外界的打擊，她曾經破釜沉舟要走向許暘離，但終究因爲相互誤會錯過。對於許暘離這樣耀眼的人，她玩不起放不下。

很多人大概會想，不論有沒有女朋友，許暘離仍然照顧關心廖琹瑜，儘管表現得彆扭，與他相識許久的她，不至於感受不到他的善意，或是不應該猜不到他可能的心意。

只能說，是許暘離自己造的孽。同樣是面對愛情，再勇敢瀟灑的人都會躊躇。

這個故事沒有很多搶眼的配角，雁誠很砲灰，徐欣也是。我簡化所有情節，希望捧出一份最簡單平凡的廖琹瑜和許暘離的故事。

我也想說，遺憾和錯過，有廖琹瑜和徐欣這種的，也有廖琹瑜和許暘離這種的。沒有上帝視角的我們，無法預知如何讓自己不後悔，但是，永遠不要因爲分開就痛苦到像是世界崩塌。人生啊，讓我們必須一直向前；緣分啊，讓我們遇見該遇見的人，駐足在對的人身邊。

謹此獻給都曾懷抱遺憾的朋友們。

我們下一個故事見。

如果有任何感想要跟我分享，可以到 popo 留言，或是搜尋臉書的帳號「南暖暖」，再次感謝喜歡與支持這本書的大家。

暖暖

國家圖書館出版品預行編目資料

你是幸福的可能／暖暖著. -- 初版. -- 臺北市；商周，城邦文化出版；家庭傳媒城邦分公司發行，民 106.4
面；　公分. --（網路小說；265）

ISBN 978-986-477-225-4（平裝）

857.7　　106002565

你是幸福的可能

作　　者／暖暖
企畫選書人／陳思帆、楊如玉
責任編輯／陳思帆

版　　權／翁靜如
行銷業務／李衍逸、黃崇華
總 編 輯／楊如玉
總 經 理／彭之琬
發 行 人／何飛鵬
法律顧問／台英國際商務法律事務所　羅明通律師
出　　版／商周出版
台北市中山區民生東路二段 141 號 9 樓
電話：(02) 2500-7008　傳眞：(02) 25007759
Blog：http://bwp25007008.pixnet.net/blog
Email：bwp.service@cite.com.tw
發　　行／英屬蓋曼群島商家庭傳媒股份有限公司城邦分公司
聯絡地址：台北市中山區民生東路二段 141 號 11 樓
書虫客服服務專線：(02) 25007718・(02) 25007719
24小時傳眞服務：(02) 25001990・(02) 25001991
服務時間：週一至週五09:30-12:00・13:30-17:00
郵撥帳號：19863813　戶名：書虫股份有限公司
讀者服務信箱 Email：service@readingclub.com.tw
城邦讀書花園網址：www.cite.com.tw
香港發行所／城邦（香港）出版集團有限公司
地址：香港灣仔駱克道 193 號東超商業中心 1 樓
Email：hkcite@biznetvigator.com
電話：(852)25086231　傳眞：(852) 25789337
馬新發行所／城邦（馬新）出版集團【Cité(M)Sdn. Bhd.】
41, Jalan Radin Anum, Bandar Baru Sri Petaling,
57000 Kuala Lumpur, Malaysia.
電話：(603) 90578822　傳眞：(603) 90576622

封面設計／黃聖文
版型設計／鍾瑩芳
排　　版／游淑萍
印　　刷／高典印刷有限公司
總 經 銷／聯合發行股份有限公司
電話：(02) 2917-802　傳眞：(02) 2911-0053
地址：新北市231新店區寶橋路235巷6弄6號2樓

■ 2017 年（民 106）4月13日初版　　Printed in Taiwan

定價／200元

ISBN　978-986-477-225-4

商周出版

廣 告 回 函
北區郵政管理登記證
台北廣字第000791號
郵資已付，免貼郵票

104台北市民生東路二段 141 號 2 樓

英屬蓋曼群島商家庭傳媒股份有限公司　城邦分公司

請沿虛線對摺，謝謝！

商周出版

書號：BX4265	書名：你是幸福的可能	編碼：

請於此處用膠水黏貼

商周出版

讀者回函卡

謝謝您購買我們出版的書籍！請費心填寫此回函卡，我們將不定期寄上城邦集團最新的出版訊息。

姓名：＿＿＿＿＿＿＿＿＿＿＿＿＿＿＿＿＿＿ 性別：□男 □女

生日：西元＿＿＿＿＿＿年＿＿＿＿＿＿月＿＿＿＿＿＿日

地址：＿＿＿＿＿＿＿＿＿＿＿＿＿＿＿＿＿＿＿＿＿＿＿＿

聯絡電話：＿＿＿＿＿＿＿＿＿＿＿ 傳真：＿＿＿＿＿＿＿＿＿＿＿

E-mail：＿＿＿＿＿＿＿＿＿＿＿＿＿＿＿＿＿＿＿＿＿＿＿＿

學歷：□1.小學 □2.國中 □3.高中 □4.大專 □5.研究所以上

職業：□1.學生 □2.軍公教 □3.服務 □4.金融 □5.製造 □6.資訊

□7.傳播 □8.自由業 □9.農漁牧 □10.家管 □11.退休

□12.其他＿＿＿＿＿＿＿＿＿＿＿＿＿＿＿＿＿＿

您從何種方式得知本書消息？

□1.書店 □2.網路 □3.報紙 □4.雜誌 □5.廣播 □6.電視

□7.親友推薦 □8.其他＿＿＿＿＿＿＿＿＿＿＿＿＿＿

您通常以何種方式購書？

□1.書店 □2.網路 □3.傳真訂購 □4.郵局劃撥 □5.其他＿＿＿＿

您喜歡閱讀哪些類別的書籍？

□1.財經商業 □2.自然科學 □3.歷史 □4.法律 □5.文學

□6.休閒旅遊 □7.小說 □8.人物傳記 □9.生活、勵志 □10.其他

對我們的建議：＿＿＿＿＿＿＿＿＿＿＿＿＿＿＿＿＿＿＿＿

＿＿＿＿＿＿＿＿＿＿＿＿＿＿＿＿＿＿＿＿＿＿＿＿

＿＿＿＿＿＿＿＿＿＿＿＿＿＿＿＿＿＿＿＿＿＿＿＿

＿＿＿＿＿＿＿＿＿＿＿＿＿＿＿＿＿＿＿＿＿＿＿＿

＿＿＿＿＿＿＿＿＿＿＿＿＿＿＿＿＿＿＿＿＿＿＿＿

請於此處用膠水黏貼